迈动你的双脚，才能看到最美的风景。

2022.3.28

走出草地

徐贵祥 著

图书在版编目（CIP）数据

走出草地 / 徐贵祥著. --武汉：长江文艺出版社，2022.5
ISBN 978-7-5702-2587-3

Ⅰ.①走… Ⅱ.①徐… Ⅲ.①中篇小说－小说集－中国－当代 Ⅳ.①I247.5

中国版本图书馆 CIP 数据核字(2022)第 049053 号

走出草地
ZOU CHU CAO DI

责任编辑：李　艳	责任校对：毛季慧
内文插图：段　明	责任印制：邱　莉　杨　帆
封面设计：柒拾叁号	

出版：长江出版传媒　长江文艺出版社
地址：武汉市雄楚大街 268 号　　邮编：430070
发行：长江文艺出版社
http://www.cjlap.com
印刷：武汉中科兴业印务有限公司

开本：880 毫米×1230 毫米　　1/32　　印张：5.875　　插页：2 页
版次：2022 年 5 月第 1 版　　2022 年 5 月第 1 次印刷
字数：90 千字

定价：32.00 元

版权所有，盗版必究（举报电话：027—87679308　87679310）
（图书出现印装问题，本社负责调换）

目 录

辑一　走出草地

序：英雄气长　　　　　　003

走出草地　　　　　　　　007

辑二　将军远行

序：寻找之旅的明与暗　　099

将军远行　　　　　　　　104

辑一　　走出草地

序：英雄气长

认识红军，是从秦基伟将军开始的。二十世纪九十年代初，我受命为将军整理回忆录，将军在口述历史的时候，讲过这样一段话，人活着就是一口气，只要这口气还在，就要往前走，这口气没有了，就算革命到头了。

就凭着这口气，将军在负伤后追上了队伍，从大别山到大巴山，转战祁连山，抗日战争中威震太行山。抗美援朝时期，他是军长，上甘岭战役打到最惨烈的阶段，兵团副司令王近山给他打电话，问他还能不能打下去，他毫不迟疑地回答，打，十五军剩下一个师，我当师长；剩下一个团，我当团长；剩下一个连，我当连长……就是这口气，支撑着将军的决心，激励着官兵英勇战斗。上甘岭战役最终把美军"请"到了谈判桌上。

秦基伟将军的这口气，不仅伴随着他走向信仰之路，走过了一个中国军人辉煌的历程，也成了我从事军事文学创作的动力源泉。后来我创作《历史的天空》《马上天下》《八月桂花遍地开》等作品，里面的主要人物，他们的思想情感和言谈举止，都有秦基伟将军的影子。

小说是虚构的，但是可以说，没有任何一个虚构的人物是无本之木，任何一个虚构的人物和故事都是由真实的生活搭建起来的。近年来我写了几个有关长征的作品，譬如《穿插》《伏击》《对阵》《红霞飞》和《走出草地》等。在构思这些作品的时候，我的脑海里常常会浮现大别山红军如洪学智、秦基伟、杨国夫的影子，这几个将军我都见过，并且因为他们的原因，我还见过他们的战友、部下、亲人……累计不下百人。他们的故事在我的心里长久发酵，他们在不同的时期以不同的姿态出现在我的笔下。

曾经有人问我，小说创作最核心的问题是什么？我的回答是，人物。一个小说能不能成立，能不能打动读者，最关键的环节是要有人物，人物新则小说新，人物真则小说真。构思一部小说，首先要从现实生活中提炼人物，建立恰如其分的人物关系，在这个基础上，把你的人物放在各种环境和事件中考量，不断地熟悉你的人物，认识你的人物，热爱你的人物，赋予他新的生命。你的人物首先在你的心里活起来，才能在读者的心里活起来。

那场举世瞩目的大迁徙，活下来的红军只有几万，而那些牺牲的、埋在风雪里的、流落民间的，不知道还有多少。我脑海里经常盘旋的一个问题是，那些参加了长征、最终活下来的人，他们有一个共同的名字——红军。可是，他们都是一样的人吗？当然不是。那些不一样的人，于是成了我脑海中顽强生长的"人物"。

同众多的书写长征的文学作品略有不同的是，《走出草地》里的主要人物高一凡，不是我们经常见到的那些英勇善战的英雄，不是那些有着崇高理想和追求的坚定的红军战士，这个民国时期的富商子弟，最多就是一个革命的同情者、支持者、介入者，甚至是一个爱情至上的试探者和猎奇者。恰好是这样一个人物，因为同红军女兵方圆成为艺术知音，对红军宣传队产生了敬意，所以在长征路上同红军若即若离、藕断丝连、如影随形，因而见证了红军官兵的坚定、勇敢、无私。

高一凡的存在，提供了一个旁观的视角。从他身上折射的长征，超越了死亡、苦难，绝处逢生、苦尽甘来……这些为普通人认知的经验，而使小说在苦难的底色之上，洋溢着明亮、乐观、热情、荒诞的色彩。通过高一凡貌似孩子气的眼神，我们看到了红军宣传队里的"那口气"——勇于牺牲固然可敬，而在那样残酷的环境里，敢于活着，并且活得快乐，在死亡面前依然追求情感的愉悦，或者更加难能可贵。高一凡这张面孔是新的，因而《走出草地》的视角也是新的。

两年前发表的《红霞飞》，本来是一个长篇小说的框架，但是在写作过程中，突然有个发现，即长篇小说的结构正在趋于固化。回顾古今中外的鸿篇巨制，多数都是主要人物的情感命运贯穿始终，特别是当代长篇小说创作，技术上好像越来越娴熟了，谋篇布局似乎越来越能自圆其说了。但是，为了长篇而长篇、为了圆满而圆满的情况似乎也普遍出现了。其实，长篇小说的结构不一定是线型的，也可以是块状的；长篇小说的叙事河流不一定都要大江东去，也可以连缀湖泊和池塘。从长篇小说建筑风格的意义上讲，《红霞飞》和《走出草地》，也算是一种尝试吧。也许，在不久的将来，继《红霞飞》和《走出草地》之后，高一凡还会出现在长征路上，但愿读者对这个似曾相识的人物，又有新的发现。你希望他成为一个你所熟悉的英雄吗？或者说，你希望他成为一个什么样的英雄？

走出草地

一

天是好天，路也是好路。

头天晚上在四支队演出活报剧《为谁扛枪》，效果很好。

这出戏的主角，是一个从国军投诚过来的红军营长，旧军队习气不改，经常打骂士兵，得一绰号"铁匠"。后来在一场战斗中，曾经被他打骂的士兵冒死把他从死亡线上救出，营长醒过来后，抱住这个士兵声泪俱下地问，你不恨我？我是"铁匠"啊。士兵回答说，你不是"铁匠"，你是我的兄弟……

戏演到这里，一个红军干部冲上戏台，抓住演员的手，声泪俱下地说，宣传队的同志，你们演的就是我啊，我对不起兄弟……我再也不当"铁匠"了……这个插曲把演出推向了高潮，台上台下一片口号声——

官兵一致，反对打骂士兵！

红军都是亲兄弟，团结起来打胜仗……

演出结束后，纵队政治部主任东方广到台上讲话，把宣传队好一通表扬，说宣传队深入生活，贴近战争实际，创作的节目有针对性，激发了士气，宣传了纪律……

不仅得了表扬，四支队还熬了一锅稀饭，炖了两盆羊肉。大家兴高采烈地打了一顿牙祭，就到半夜了。

东方广跟队长韦芷秋说，干脆，天亮再走，不用走羊肠小道了，我派一个连队保护。

韦芷秋说，那当然好，反正到黄岩厝演出是晚上。

这样就说好了，原计划后半夜出发，变成了天亮出发。

后半夜美美地睡了几个小时，第二天蒙蒙亮，宣传队披着星星，踩着露水，向黄岩厝方向进发。

黄岩厝是国民党军六团的驻地，团长于仕伏这段时间正在酝酿起义，心腹一个营先期进入采荷村一带驻扎，这里实际上已经是红军控制区了。

这一路上，大家兴高采烈，回顾昨晚的演出细节，有多少次鼓掌，多少次喊口号，多少人热泪盈眶……当然，还有对今晚演出的预期。宣传队成立以来，给起义部队演出还是第一次。党代表王振寰说，打骂士兵是国军的家常便饭，《为谁扛枪》拿到起义部队演，肯定更受欢迎，等着瞧，今晚……

讲到这里，王振寰顿了一下，对扮演"铁匠"的马德说，马指导你当心啊，昨天有人上台跟你动拳头，今晚没准跟你动枪。

马德怔了一下说，啊，还真有可能，咱们演得越像，越能把国军士兵的仇恨激发出来，嘿嘿，我倒是真想挨一枪。

听到二人对话，韦芷秋当真了，跟王振寰说，这确实是个问题，到了地方，跟他们讲，部队要有军官控制，看戏的时候退子弹。

马德哈哈一笑说，退子弹不妥，随时准备应对情况呢。又说，真的能把士兵的仇恨激发出来，我挨一枪也值，就是牺牲了，也可以作为教材，体现我们红军宣传队的威力。

韦芷秋说，马指导你别胡说，我们不能把喜剧变成悲剧，要防止意外。

王振寰说，可以在开演之前，让战士们把枪栓捆一道绳子，在他人激动的时候提醒一下……

前面的队伍放慢了速度，王紫蓝不时东张西望，眼角余光主要落在马德的身上。李璐在一边看见，诡秘一笑说，王紫蓝，现在看没用，晚上演出，万一有人向马指导扔石头，你冲上去，挡在马指导的前面，我跟你讲，就这一下子……美人救英雄，就是一场好戏。

王紫蓝脸一红说，谁看马指导了，我在找地方，看……哪里可以解手。

何连田挑着担子，脚下生风，肩膀上的扁担吱吱呀呀就像唱歌。几位队干部讲得热闹，东一句西一句落到他的耳朵里，那些话他听明白了，听起来像担心什么，其实是偷着乐。

何连田也偷着乐，虽然他只是个挑夫，他还是偷着乐。自从被发配到宣传队，自从韦队长跟他讲他是宣传队的一员，自从党代表王振寰跟他讲，他犯的错误不是主观错误，他渐渐地就忘记了那个错误。这几个月，宣传队好戏连台，特别是昨晚，那个场面，让他眼泪吧嚓的。宣传队好啊，纵队奖励的那十斤猪肉，就在他的担子里，宣传队就是他的家，他和他的担子也是宣传队的家。

走出七八里地，快到刘湾的时候，远远听见零星枪声。王振寰说，啊，怎么一大早打枪，好像是黄岩厝方向。

马德说，黄岩厝方向？难道是迎接我们？那也不用这么老远就放鞭炮啊。

韦芷秋听了听说，不会出什么事情吧？于团长的部队还不太稳定。

枪声时疏时密，还夹杂着几声迫击炮弹的爆炸声。韦芷秋站在一块山坡上瞭望，一会儿下来说，不是黄岩厝方向，至少离黄岩厝还有十里地，应该在桥店一带，可能又是袭扰，不理他。

这段时间，根据地打了几个大仗，在山区周边都构筑了防御阵地，国民党军暂停大规模进攻，经常派出营、连规模的袭扰，侦察红军防御部署，小打小闹不断，大家已经习以为常了。果然，枪炮声响了十几分钟，渐渐停了。

王振寰招呼大家，就地休息。宣传队几个干部坐在路边商量，把剧本稍微改一下，给"铁匠"增加点内容，让此人后来成为一个爱兵模范。

韦芷秋他们商量剧本的时候，何连田正琢磨要不要把韦队长的茶壶找出来烧一壶茶，女队员李璐和王紫蓝一前一后走过来，看见何连田，李璐把背包放在何连田的担子上，说了声，我们到下面解手，看着点，别让人过来。

何连田的脸一下子就红了，马上别过脸去。一年前在新惠，他就是因为偷看女人洗澡，才犯了错误，被分配到宣传队当挑夫。

王紫蓝和李璐往山坡的东边走，何连田的脸就扭到山坡的西边，何连田的心里有一百个委屈。其实，那一次他真的不是故意的，他是因为担任警戒，听到树林那边有动静，才端着枪猫着腰去察看动静，哪知道一眼就看见了两段白白的嫩藕在水面上晃动。

嗨，新惠那地界，冬天也起雾，热气腾腾的，山根池塘里的水热得能煮鸡蛋，男人女人都在那里泡澡，男人晚上泡，女人早晨泡。可他不是新惠人，他哪里知道这个规矩呢？看一下怎么就犯错误了呢？当然，要说完全冤枉，也不是，看第一眼是撞上了，可是后来他还看了第二眼，第三眼还没看见，就被班长从后面踢了一脚，然后就……唉。

何连田正在胡思乱想，忽然听到不远处一声惊叫，他本能地站了起来，摘下扁担就要往那边冲，跨了两步，突然停住了，那里是王紫蓝和李璐解手的地方，他犯了一次错误，不能犯第二次错误……

就在何连田茫然不知所措的时候，李璐和王紫蓝一前一后从树林里冲了出来，李璐跟在王紫蓝的后面喊，王紫蓝你怎么啦？

王紫蓝说，蛇，他妈的一条蛇，跟在屁股后面撵我。

李璐说，小何，小何，快过来，把蛇挡住。

何连田看见王紫蓝和李璐的衣服穿得好好的，这才回过神来，操起扁担，昂首挺胸地迎着王紫蓝走过去，挡在王紫蓝的身后。待二人走了老远，也没有看见蛇。何连田想了想，又往前走了几步，到小树林察看一番，在一块潮湿的地皮前面，突然看见一根黑乎乎弯弯曲曲的东西挂在小树枝上，走近了才发现，原来是一条枯藤。何连田用扁担把枯藤挑下来，回到担子旁边，问王紫蓝，你看见的，是不是这个？

王紫蓝的脸色都变了，惊恐地说，快扔掉，扔得远远的。

何连田哈哈一笑，李璐也拍掌大笑，嚷嚷道，王紫蓝，你是一朝被蛇咬，十年怕……树藤，哪里有什么蛇，那是一根树藤。

王紫蓝这才壮起胆子，战战兢兢地往扁担一端看了一眼，又看了一眼，突然冲上来，夺过何连田手里的扁担，把枯藤扔在地上，用扁担头狠狠地敲打，一边敲打还一边嚷嚷，你这个混账东西，把老子吓死了。

何连田说，好了好了，别把我的扁担头打折了，我还要挑担子呢……这句话刚讲完，何连田的话头打住了，手搭凉棚往山下看——盘山路上，出现了一匹飞奔的战马。何连田放下扁担，走到队伍中间，向韦芷秋报告，后面有人追上来了。

果然，不多一会儿，司令部的参谋张成就策马出现在山坡上。到了跟前，张成翻身下马，向韦芷秋通报了一个情况，正在起义途中的国军六团，发生变化，二营一部分反动军官策划哗变。国军一个营突然奔袭我桥店哨所，不排除接应敌人哗变的可能。

韦芷秋说，啊，还有这样的事！那我们赶快走，到六团去镇压哗变。

张成说，纵队首长命令你们取消到六团的演出计划，立即返回纵队部。

韦芷秋眼睛一瞪说，为什么？

张成说，六团的部队是稳住了，但是潜在的危机很多，随时都有再次反水的可能。

韦芷秋说，那正好啊，正是我们搞宣传鼓动的好机会，为什么要我们取消？

张成说，不安全啊，六团现在很乱，连于仕伏都处在危险之中，怎么能让你们去冒险呢？

韦芷秋盯着张成，大声说，你说什么，冒险？我们宣传队也是红军的战斗队，哪有战斗队怕冒险的？你回去向首长报告，我们绝不返回，我们的战斗位置在六团。宣传队的同志注意，集合，目标黄岩厝，前进。

张成急了，大声嚷嚷，韦芷秋，你冷静点，返回纵队，这是首长的命令。

韦芷秋一边扎皮带，一边对张成说，你的任务是传达首长的命令，你的任务完成了。回去报告首长，韦芷秋拒绝执行半途而废的命令。

说完，再也不理张成，招呼马德，马指导，你带警卫班到前面开路。

马德胸脯一挺，应道，是！

说完,手一挥,警卫班跟我上!

宣传队迅速集合起来,从张成身边擦过的时候,王紫蓝还向他做了个鬼脸,神气活现的样子。

张成忍不住骂了一句,这个韦芷秋,简直就是……就是女匪。

张成讲这话的时候,正好何连田从他身边经过,担子一斜,扁担头差点儿戳到他的胳膊上。

张成盯着宣传队的背影,好半天才举起马鞭抽在路边的一棵小树上,骑上马回纵队报信去了。

二

于仕伏的六团要起义,对于韦芷秋来说,不是秘密。

时光退回五年,她和于仕伏是武汉军政分校的同学,也是北伐战友。后来国民党清党,教官东方广带领十几个同学到南方参加了红军,于仕伏等人则成了国军军官。之后相逢在闽西"围剿"与"反围剿"战场,于仕伏几次派人给东方广送信,提出来要参加红军。水南战役结束之后,东方广率领邹成卓和韦芷秋等军校师生,同于仕伏秘密相会于两军交界处的乔城,要求于仕伏起义时尽量多带一些部队和枪支弹药。经过两个多月的暗中酝酿，半个月前于仕伏将部队带到黄岩厝，一营直接驻扎在红军根据地边缘采荷村，就等红军政工队到部队接收了。没想到节外生枝，就在那几天，上峰突然给六团派来一个团副，名字叫高一凡。

从见面开始，于仕伏就感觉此人有些奇怪，穿着打扮与众不同，哔叽呢军装熨帖得十分周正，戴着雪白的手套，同于仕伏见面，连军礼都没有敬一个，而是突然把腰一弯，一只手拍在肩膀下面，嘀咕了一声，团座好。

于仕伏有些茫然，还没有还礼，高一凡已经直起腰来，从墨镜后面看着于仕伏说，初来乍到，请多关照。

于仕伏的心里很不舒服，不知道此人什么来路，行的是什么礼节，也不知道那副墨镜后面的眼睛，闪烁的是什么意思。当然，于仕伏最担心的还是，这个人有特务背景。

当天下午，于仕伏就着手调查高一凡的来历，在军部担任处长的一位同学跟他讲，此人是南洋的一个巨贾的公子，其父北伐时期斥资为蒋校长装备了两个师，所以同国军上层来往密切。高一凡从英国爱丁堡大学毕业之后，先后当过银行襄理、纱厂总监、铁路股东、商社老板，还在一座寺庙里当了几天和尚，据说准备修一座"空空寺"，要把林黛玉、史湘云、秦可卿等人的灵魂都召回来……一言以蔽之，此人什么都干过，但是什么都干不好。其父恨铁不成钢，将其交给一个军界朋友，让其学做军需生意。

于仕伏在同学面前发牢骚说，这他妈的什么事儿，简直拿我的部队开玩笑。同学说，就是开玩笑，但是你得陪着他把这个玩笑开好。那位当处长的同学跟于仕伏讲，根本不要把高一凡当回事，但有两条，一是要绝对保证安全，不能让这个高龄贾宝玉有半点闪失；二是他想干什么，尽量满足他，玩腻了他自然会滚蛋。

于仕伏的部队有什么行动，高一凡并不关心。他到六团的时候，带来了一匹枣红色的蒙古马，只要到一个地势开阔的地方，他的第一件事就是遛马，害得于仕伏不得不把骑兵排分出两个班跟在他后面护驾。部队到了黄岩厝，高一凡就住在二营部，因为这个营一直被当作预备队，不在一线，相对安全一些。

策划哗变的主谋是二营营副陈际会，头天夜里，陈际会秘密联络几个反动军官，商量武力阻止于仕伏起义，军官中有人觉得不妥，争论了很久，最后决定先礼后兵。陈际会秘密调动两个排的士兵，另有两名反动军官各带一个排，控制团部，准备逮捕于仕伏和于仕伏的支持者。

二营部驻地一时间成了哗变指挥部，不断传来低沉的口令声和奔跑声。这当口高一凡还在梦里，被人吵醒，非常恼火，穿上军装，蹬上马靴，还拎了一根文明棍，走到帐篷外面问贴身警卫姚独眼，哪里吵吵嚷嚷的，把陈际会给我叫来。

陈际会听说高一凡叫他，心里一惊，他也知道高一凡来头大，倘若高一凡不同意他闹事，他的麻烦就大了。

见到高一凡之后，陈际会又是敬礼，又是鞠躬，弄得高一凡很受用。陈际会把事情的经过讲了一遍，高一凡问，于仕伏他想干什么？

陈际会说，团副大人，于仕伏这分明是叛逆啊，他被赤化了。

高一凡问，赤化是什么意思？

陈际会说，赤化就是，就是反抗政府，造反啊。

高一凡想了想说，反抗政府？哈哈，你们那个鸟政府，乌烟瘴气，造反也没有什么不好。回去，统统回去，好好睡觉。

陈际会哭笑不得，突然往高一凡面前一跪，声泪俱下，团副，你是国军中校啊，你是中流砥柱啊，天降大任于你，受命于危难之中，部队的前程，可就靠你了。

陈际会这么一哭，高一凡就乱了方寸，晃了晃文明棍，把陈际会搞起来说，别哭了，我知道了，这件事我来跟于仕伏说。

陈际会大喜，又是敬礼，又是鞠躬。一行人底气更足了，簇拥着高一凡，耀武扬威地拥向团部。

这天早晨吃过饭，于仕伏和红军的联络员洪涛正在商量迎接红军宣传队，如何安排保卫的事情。二人正说着，三连连长赵广智一头冲进来报告，二营副陈际会密谋哗变，已纠集近百人，准备包围团部。

于仕伏不屑地说，陈际会？这个泥鳅也敢兴风作浪？他妈的他想干什么，让他给我滚过来！

赵广智说，不光是陈际会，高团副也在里面。

于仕伏情不自禁地"啊"了一声，这个二百五，他怎么和陈际会搞到一起了？

洪涛此前并不知道于仕伏团里多了一个团副，于仕伏三言两语讲了高一凡的来头，忧心忡忡地说，这个活宝掺和进来，麻烦就大了。

洪涛想想说，只要他不是特务，我们就有办法说服他。

于仕伏说，特务倒不至于，他连枪都不会打，根本做不成事，更别说当特务了。他就是一个二百五。

洪涛说，那就好，见机行事吧。

于仕伏在前，洪涛在后，二人步履沉稳地走出团部，老远看见高一凡。于仕伏黑着脸，盯着高一凡问，你想干什么？

高一凡向于仕伏一哈腰，左手拍着右肩膀，不卑不亢地说，老于，别来无恙？

于仕伏说，高团副，你初来乍到，不了解情况，你跟他们掺和什么？

高一凡嘿嘿一笑说，他们说你想造反，那哪儿行啊，这么大的事，你为什么不跟我商量？

于仕伏说，昨晚我跟你商量了，你说到哪里都是吃饭，你忘了？

高一凡说，你跟我商量了吗？我怎么不记得了？

于仕伏说，你说你正想看看红军是什么模样，你还说，他们那个宣传队要来，你可以教他们弹钢琴。

高一凡皱着眉头，想了一阵，问卫士姚独眼，这话我说过吗?

姚独眼说,团副好像真的说过,昨晚吃饭的时候。

高一凡这才点点头说,哦,好像有这事,昨晚我喝酒了,忘了。

于仕伏叹气说,这么大的事,你都能忘,你真是个……花花公子啊。

高一凡问,他们的宣传队来了吗?

于仕伏还没有回答,陈际会抢上一步说,高团副,我们被骗了,昨天于团长跟我们讲,他们的宣传队在天亮之前要来慰问起义部队。可是现在日上三竿了,还不见人影。桥店方向传来枪声,很有可能是国军的进剿部队。分明是他们得到情报,把宣传队撤回了,把我们抛弃了。

高一凡说,啊,夫妻本是同林鸟,大难来时各自飞,不够意思啊!

高一凡话音刚落,忽然听到不远处传来歌声——山上的鲜花开呀开,工农红军进山来,打土豪分田地,建立红色苏维埃……

众人定睛看去,只见团部外面几个士兵,押着一个女红军和一个男红军,正向团部走来。女红军的手被反绑着，昂首挺胸，引吭高歌。

洪涛和于仕伏连忙迎了上去，于仕伏问，怎么，就来你们两个人？

韦芷秋说，就是我们两个人，我们两个人也是宣传队啊！

于仕伏对押解的士兵说，快快松绑，这是我的客人。

士兵上前，一拉绳头，绳子就脱落了。原来，绑在二人胳膊上的绳子也是象征性的。

韦芷秋揉揉手腕子，看了看于仕伏和他身边的人，大致明白了眼前的处境，然后，就把昨夜在四支队演出的盛况，今晨前往黄岩厝的情况，做了详尽的介绍。韦芷秋说，我们明明知道六团内部出现状况，可我们还是来了，在刘湾，我们宣传队受到一伙身份不明的人袭击，同志们被打散了，我和小何是先遣，相信我们宣传队的同志会陆续到达。

高一凡怔怔地听着，问陈际会，一群身份不明的人是谁，你干的好事？

陈际会躲躲闪闪地说，她胡说，我们根本没有派人到刘湾……不是我派的，是五连张连长自作主张。

高一凡又问，张连长到刘湾袭击红军宣传队，你知道吗？

陈际会傻眼了，半天才说，我知道，可是……

高一凡将拐杖一举，捅捅陈际会的肚子说，你向老于报告了吗？

陈际会说，我是应该报告，可是于团长他，他已经是……他已经背叛党国了。

高一凡把脸转向于仕伏说，老于，你背叛党国的事，为什么不跟我打个招呼？

于仕伏说，我既没有叛党，也没有叛国，我是中山先生的信徒，信仰中山先生的三大政策。

高一凡怔了一下，盯着于仕伏说，啊，你是中山先生的信徒，我怎么不知道？

于仕伏把脸扭到一边，不屑地笑笑。

高一凡转向陈际会说，你知道这个三大政策吗？

陈际会傻眼了，想了半天才说，这个……我不太清楚。

高一凡手里的文明棍一举说，啊，你连三大政策都不知道，你算什么国民党啊，我跟你讲，中山先生提出的，联俄联共扶助农工，是国民党的基本政策。你们这些土包子，根本搞不清楚国民党的政策，就号称是国民党，太可笑了。

陈际会怔了怔，挺挺腰杆说，高团副，我不知道三大政策，可是，我知道，他们共产党，是国民党的敌人。

高一凡不动声色，突然把文明棍往上一举，在空中画了个弧线，眼看就要落到陈际会的头上，陈际会连忙缩起脖子抱住脑袋。高一凡收回文明棍，哈哈大笑说，谁说共产党是国民党的敌人？连我都知道，北伐战争是共产党和国民党一起打的。你们一群猪，猪脑子，就凭这些猪脑子，也能打仗？老于，你早就该让这些猪脑子滚蛋了。

陈际会傻眼了，突然喊道，高团副，你也被赤化了，我要向上峰……向上峰禀报你妖言惑众。

高一凡说，什么，妖言惑众？老姚，什么是妖言惑众？

姚独眼马上上前，踢了陈际会一脚，问他，什么是妖言惑众？

陈际会说，老姚，姚独眼，你有话好好说，你动手干什么？

姚独眼一听来气了，又踢了陈际会一脚说，我动手了吗？老子从来不动手，老子动的是脚，脚你都不认识啊?

高一凡哈哈大笑,笑了一阵才说,陈际会,你连三大政策都不知道,还告老子?去吧,去找蒋委员长,说他表弟妖言惑众,他表弟我,高一凡,是共产党。

高一凡这么一说,不仅陈际会傻眼了,连韦芷秋和洪涛也傻眼了。韦芷秋惊喜地说,这么说,你是高一凡……同志?

高一凡冲韦芷秋神秘一笑,不置可否,文明棍刷地抬起来,一指何连田,问韦芷秋,这个叫花子,也是红军宣传队的?

韦芷秋说,他是宣传队的挑夫。

高一凡看着何连田说,过来,让我看看你。

何连田紧张地看着高一凡,又看看韦芷秋。

韦芷秋说,小何,让他看,让他看看你的腿,那是穷人的腿,刚才跑了二十多里山路,来兑现红军的诺言。再让他看看你的手,那是穷人的手。高长官,你碗里的饭,你身上的衣,都是这些穷人的手制造的。

高一凡若有所思地点点头说,家父说过,共产党闹革命,就是天下为公,要让穷人过上好日子,就是要让我们有钱人家像你们一样变成穷光蛋。是这样的吗?

谁也没有想到高一凡会这样讲,不知他什么意思。陈际会明白过来了,兴奋地嚷嚷道,就是,高团副,他们的革命,就是要让您像他们一样成为穷光蛋,您能答应吗?您就是答应了,我们也坚决不答应!

洪涛正要上前说话,于仕伏拉了他一把。洪涛看见,高一凡的文明棍在陈际会的面前画了一个弧线,姚独眼嘿嘿一笑,又上前踢了陈际会一脚。

高一凡说,哈哈,陈际会,你不答应有用吗?我答应,我就是想变成一个穷光蛋,就像这个叫花子!

又问何连田,叫花子,你会什么手艺?

何连田心里非常不舒服,虽然他身体瘦一点,穿得破一点,可他也是红军啊,怎么就成了叫花子了呢?何连田二话不说,弯腰从担子里摸出两个物件,看着韦芷秋。韦芷秋明白了,冲口而出,好,给他们露一手!何连田说,我会打快板。

高一凡说,快板?你打一段给我听听。

何连田有点走神,瞅着韦芷秋,又看看高一凡,心中陡生一股豪气,抻抻衣襟,昂首挺胸走到场地中央,深深地运了一口气,刷地一下举起快板。

清脆的竹板声在山谷里回荡,何连田手中的快板就像两道飞舞的溪流,看得众人眼花缭乱。高一凡的表情非常奇怪,他一会盯着何连田手里的竹板,一会看看何连田穿着草鞋的双脚,好像他从来没有见过草鞋似的。

自家兄弟莫慌张,听我说段快板腔,千言万语说不尽,只说红军打胜仗。红军为啥打胜仗,红军白军不一样。红军打仗为信仰,国军打仗为吃粮……嘟哩个当,嘟哩个当,嘟哩个当当嘟哩个当……娘在村口盼儿归,红军来了叫亲娘,亲娘拉着红军的手,见到我儿别开枪,我让我儿当红军,天下穷人得解放,得解放……

高一凡的表情急剧地变化,眼神也由何连田的身上移到远处,移到太阳下面那道山脊线上,看了很久。

……嘟哩个当,嘟哩个当,嘟哩个当当嘟哩个当……我当红军是自愿,为了革命扛起枪;想想你们当壮丁,一根绳子来捆绑,妻离子散田荒芜,家中老母泪汪汪……

何连田的快板打得正起劲，高一凡把文明棍举起来了，示意何连田停下来，说，叫花子，把你的宝贝给我看看。

何连田茫然地看着高一凡，很不情愿地把快板扔过去……刚想扔，又收回来了，双手捧着送到高一凡的手上。

高一凡接过快板，把手套摘下来，用手掌摩挲一副大、一副小的快板，举在眼前眯起眼打量，竹板上金光闪亮。高一凡问韦芷秋，你们，你们的宣传队就用这个东西？

韦芷秋说，我们的宣传队，条件是很差，但是，我们的宣传队，威力很大，能把人心里的冰融化，也能把人心炼成钢铁。

高一凡盯着韦芷秋，把快板擎在手上，突然举起来，拉开架势，啪啪啪地打了起来，最先的几下，有点不熟练，渐渐地手上有了感觉，把握住了节奏，打得花团锦簇，嘴里还念念有词——

唰哩个当，唰哩个当，唰哩个当当唰哩个当……
君不见，黄河之水天上来，奔流到海不复回。君不见,高堂明镜悲白发,朝如青丝暮成雪……唰哩个当,唰哩个当,唰哩个当当唰哩个当。人生得意须尽欢,莫使金樽空对月。天生我材必有用,千金散尽还复来……唰哩个当,唰哩个当,唰哩个当当唰哩个当……

不仅陈际会目瞪口呆,所有的人都惊讶得合不拢嘴,何连田的眼睛瞪得鸡蛋大,瞅瞅韦芷秋,韦芷秋的眼睛里也流露出惊喜,突然双手一举,在头顶上啪啪拍了两下,洪涛和于仕伏也跟着鼓掌。姚独眼没有鼓掌,一个劲地拍肚子。

高一凡打了一阵快板,收起把式,眼睛巡视一圈,得意洋洋地说,怎么样,我老高的手艺还行吧,你们红军宣传队这两下子,太简单了。

韦芷秋迎上高一凡,春风满面地说,如果高先生不嫌弃,不妨先到红军部队住几天,也许你会有更多的发现。

高一凡看看韦芷秋,阴阳怪气一笑说,先到红军部队住几天?你是让我和于团长一样投共,去跟你们一起打快板?

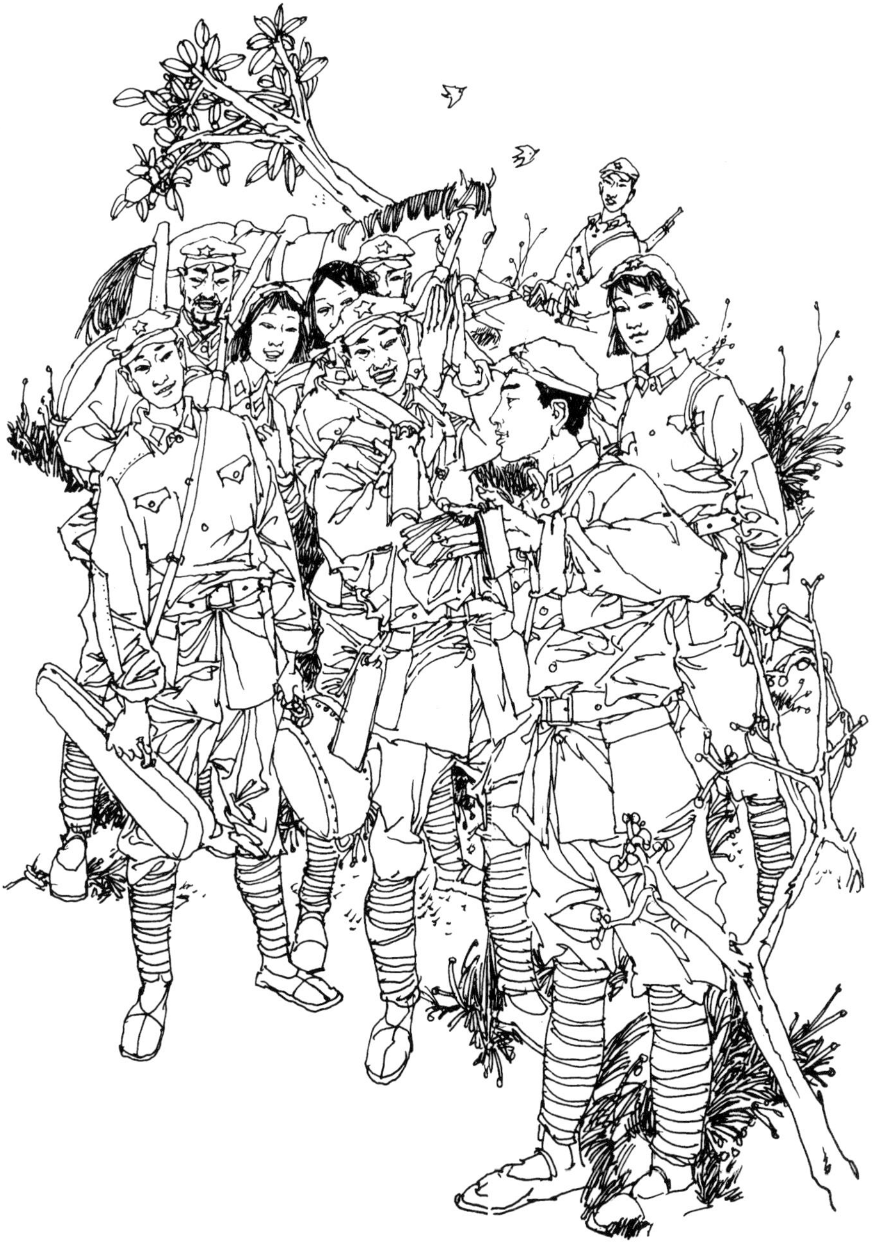

洪涛说，是弃暗投明。

韦芷秋说，高团副，到红军部队住几天吧，我们红军欢迎一切有志之士，来去自由，绝对保障你的安全。

高一凡东看西看，看看可怜巴巴的陈际会，又看看满眼期待的于仕伏，再看看部队，转身走向韦芷秋，突然一哈腰，左手拍在右肩下面说，尊敬的女士，能把你的帽子借给我吗？

大家还没有回过神来，韦芷秋最先明白过来，摘下头上的八角红军帽，双手递给高一凡。高一凡伸手抓住军帽，扣在自己的脑门上，得意地环顾四周，哈哈大笑。

三

成功地接应于仕伏部起义之后，部队在蔡集休整。

有一天何连田正在补箩筐，韦芷秋派人把他叫去，笑眯眯地问他，想不想上学？

何连田吓了一跳，结结巴巴地说，上学，那敢情好，可是……我一个挑夫，上啥学啊？

韦芷秋说，挑夫？我们红军宣传队的挑夫也是宣传员，没有文化不行。接应于仕伏部队起义的时候，你的那段快板来得及时，来得漂亮，完全可以当一个正式的宣传员。

何连田更是惶恐，可怜巴巴地看着韦芷秋说，那是赶鸭子上架，没有办法，当时形势那么危急，我好歹也是宣传队的人呢。

韦芷秋说，赶鸭子上架？不是所有的鸭子都能上架的。

然后就把来龙去脉说了一遍，原来上级要求宣传队选调骨干到苏区红艺速成学校学习，支委会上，党代表王振寰和编导郑振中都推荐何连田，说这个小伙子不光任劳任怨，其实还很有文艺潜力，可以培养。

何连田木着脸听了，鼻子一酸，眼窝一热，眼泪差点儿就流出来了。啥叫文艺潜力他不懂，可是他知道，宣传队的同志真的对他很好，没有因为他是挑夫就小看他。

韦芷秋说，我们宣传队，没有一个是专门学过文艺的，都是战士，都是从战争中学习战争，你不要有畏难情绪，一起去学，哪怕增加点文化知识也是好的。

何连田说，我听队长的。

回去的路上，何连田的心里喜忧参半，喜的是可以同韦队长他们一起上学，忧的是他只读过三年私塾，十七岁参加红军，这几年挑着担子，从闽西到赣西，肚子里的那点墨水早就洒在路上了，这回上红军的学堂，是个啥光景，他心里没底。不过，转念一想，既然韦队长让他去上学，那就一定是靠谱的事情，死都不怕，还怕上学？

这样一想，心里陡生一股豪气，回到男兵住的院子里，赶紧收拾箩筐，还哼起了小调。

不久，红艺速成学校第三期就开学了，除了本部宣传队选调的九个人，还有兄弟部队来的，加上纵队《红霞报》的记者方圆，一共三十六个人，济济一堂。

何连田认识方圆，说起来他同方圆还有一层说不清道不明的关系，一年前在新惠，他执勤的时候，无意间看到的那两个泡温泉的女人，其中一个就是方圆。当然，方圆本人未必知道这件事情，那时节她是新惠师范的学生，假期回家，她和他爹方老板，还帮助红军给群众发洋钱，偿还打新惠的时候欠下的粮款。后来方圆参加了红军，在《红霞报》当记者，还采访过他，写了一篇文章《从挑夫到文艺战士》。他对那篇文章没有多少兴趣，他感兴趣的是，方圆知道不知道当初在新惠，她泡温泉的时候被他偷看？知道不知道他就是因为那件事情受到批评，然后分配在宣传队当挑夫？更感兴趣的是，方圆如果知道这件事情，会怎么看他。

何连田虽然文化程度不高，但是并不缺心眼，同方圆认识快半年了，他感觉方圆压根儿就不知道那件事情，这让他既高兴又泄气。

红艺速成学校没有固定的老师，前两天来上课的老师，都是早就闻名的大首长，讲文艺的基本原理，讲文艺同革命战争的关系。何连田似懂非懂，膝盖上摊着笔记本，手里攥着铅笔，明白多少记多少，记得满头大汗。

到了第三天，上专业基础课，来了一个教官，戴着眼镜，穿着一身没有领章的军装。别的教官上课，下面鼓掌，教官都是回以正规的军礼，但是这个教官不一样，下面鼓掌他不看，突然把腰一哈，左手拍在右肩下面，抬起头来说，初来乍到，请多关照……

何连田一下子就想起来了，是在黄岩厝收编的那个国军二百五军官。他偷偷地看了韦芷秋一眼，韦芷秋向他笑笑。

果然，教官自报家门，敝人高一凡，国军中校团副。打仗，敝人是外行；讲课，本人也是外行；但是演戏，敝人既是外行也是内行,至少比你们内行……

这个开场白,让学员们有点摸不着头脑,也有点不舒服。

高一凡说,敝人曾经领教过贵部宣传队的演出,聆听一位女士一曲高歌,情感饱满,精神可嘉,但要说艺术,对不起,那还不是。因为没有经过严格的训练,唱出来的是感情而不是艺术……

高一凡的话何连田听得不是很明白,但是他感觉高一凡说的不是好话,看不起红军。那次在黄岩屇,韦芷秋鼓励他给起义部队"露一手",他第一次鼓足勇气,打了一段快板。当时,这个二百五军官,是怎么喊他的,"过来叫花子,给我看看,这是什么东西?"他妈的,把老子当成叫花子了。

何连田瞅瞅右前方的韦芷秋,差点儿就站起来抗议了,韦芷秋突然一回头,用眼神制止了他。

高一凡说,我为什么要参加红军呢,不是说红军有多么好,我感兴趣的是你们有宣传队,而我更感兴趣的是,你们的宣传队,基本上都是没有经过艺术训练的,我不能让你们这样糟践艺术,我有责任帮助你们,因为艺术是没有国界的,也是没有党派的……

高一凡这样一讲，下面的人渐渐地就听出名堂了，原来这个人参加红军，并不是受到红军文艺的感染，而是压根儿看不起红军文艺，来改造红军文艺来了。

突然，有人在下面嘀咕一声，反动军官，他有什么资格批评红军文艺，他以为他是高尔基啊！

接着一声嚷嚷，这个人污蔑红军文艺，我们不听反动军官的！

还有人站起来说，他凭什么说艺术是没有党派的？我们红军文艺，是无产阶级的文艺，是服务革命战争的，这个反动派，对我们的文艺一点感情也没有，我们为什么要听他的？反动军官滚出去！

再往下，站起来的人越来越多，声音越来越大，气氛越来越紧张，到了一发不可收拾的地步。

只有方圆没有跟着起哄，在吵闹最凶的时候，方圆站了起来，大声说，要尊重教员，有不同意见可以讨论，不要扰乱课堂秩序。

方圆虽然说话很用力，可是在乱哄哄的嚷嚷中，她的声音显得很微弱。

学员哄堂，高一凡起先还满不在乎，面无表情地看着乱哄哄的人群，终于感到事态严重了，把手中的粉笔一扔，麻木地看着台下。他显然看到方圆了，目光在方圆的脸上停留了几秒，然后拍拍手，左手由下而上、由外向内画了一个弧，拍在右肩下面，弯腰向方圆行了一个生硬的鞠躬礼，再站起身，一脸茫然地看看对面的房顶，下了讲台走了。

何连田感到很解气，对韦芷秋说，这个反动军官，活该滚蛋。

韦芷秋忧心忡忡地说，小何，别这么说，他有他的道理。

何连田眨眨眼睛说，那敢情好。

中午吃饭的时候，大家端着稀饭碗，七嘴八舌地议论，情绪还很激动。多数人都认为，高一凡是个反动军官，看不起红军，这样的人，根本就不配当教官。

讨论很热烈，只有方圆一个人自始至终没有讲话，韦芷秋问方圆的看法，方圆说，这个人是有本事的人。

韦芷秋说，是有本事，可是他看不起我们，本事再大有什么用呢？

方圆说，这个人是一个善良的人。

韦芷秋说，这个我还没有看出来。你又不了解他，为什么说他是善良的人？

方圆说，我发现高教官的身上有一股气，很单纯的书卷气，虽然跟我们的想法不一样……或许，他说的是对的。

韦芷秋问方圆，你觉得他会和我们一条心吗？

方圆想了想说，这个不好说，他的文艺和我们的文艺有很大的差距，但是，我能感觉出来，他是一个可以帮助我们的人。

事情发生在上午，中午苏维埃瞿部长就召集学员谈话，瞿部长说，高一凡不是什么反动军官，也不是国民党军官，他热爱艺术，不顾家人的坚决反对，就读于爱丁堡大学，主攻莎士比亚戏剧，同时对西方歌剧以及舞蹈都有研究，是个非常难得的人才。大家要尊重高教官，要包容他的缺点，你们不尊重教官，没有人教你们，大家还是闭门造车，没有提高。红军文艺不提高，就没有人看，就产生不了战斗力。

韦芷秋站起来提问说，可是他说，艺术是没有国界的，也是没有党派的，这个我们不能接受。

瞿部长说，这句话应该分成两个层面理解，艺术是没有国界和党派的，这是从艺术的根本性质讲的。但是，在不同的时期和环境里，艺术有它特有的目的，譬如红军文艺,就是传播革命理想、培养革命精神的。高一凡是从西方回来的阔少,他没有接触过中国的革命,不懂我们的"非艺术的艺术",所以我们不能求全责备。我们对于高一凡的改造,有一个过程,是改造好了再用呢,还是一边用一边改造呢?韦芷秋同志你说说。

韦芷秋坐下去又站起来说,明白了首长,应该是一边用一边改造。

这次训话会开了很长时间,大家议论得比较热烈,也澄清了很多模糊认识,形成一个比较一致的看法,就是对高一凡这样的人,既要尊重,也要斗争,一边使用一边改造,使红军文艺不仅在思想情感方面有高度,在艺术形式方面也有提高。

瞿部长提议,派出学员代表去向高一凡道歉,下午还请他来上课。

中午吃饭的时候,传来一个惊人的消息,高一凡跑了。跟高一凡一起跑的,还有黄岩厝起义的姚独眼和两名原国民党军士兵,这几个人都是高一凡的狗腿子。

消息传到宣传队,韦芷秋的第一个反应是掏枪,第二个反应是集合。枪掏出来又装回枪套,"集合"两个字刚刚从心里冒出来,还没有冲到嗓门,又咽了下去——在红艺速成学校,她是个普通学员,没有权力集合队伍。

不用韦芷秋报告,瞿部长亲自找上门来,黑着脸问,高一凡为什么跑?

韦芷秋说,这个反动派,跟我们红军不是一条心,他跑,是早晚的事。

瞿部长说,高一凡不是红军,黄岩厝起义之后,国民党当局就派人来交涉,要用二十根金条把高一凡换回去,我们跟高一凡谈,让他回到国民党军队,他说他要留下一段时间,看看红军的文艺队伍,他要在红军造就一批艺术家。正是这个原因,我们才请他来当教官,多么不容易啊,你们倒好,把他气跑了,你们负得了责吗?

韦芷秋说,我们红军人穷志不穷,我们不需要这样的反动教官。

瞿部长火了,一拍桌子说,你凭什么说高一凡是反动教官?他至多是个艺术至上者,你最多说他没有政治立场,但是你不能说他反动,他没有做过对不起红军的事。

韦芷秋傻眼了,想了想说,也是,这个人不是红军,好像也不能算红军的敌人。可是他跑了,咋办呢?

瞿部长说，追啊，把他追回来，向他道歉，请他继续当教官。

韦芷秋说，如果他不回来咋办？我可不可以把他捆回来？

瞿部长看着韦芷秋，严肃地说，绝不能动粗，最好把他劝回来，如果劝不回来，那就让他走，我相信他不会成为我们的敌人。

韦芷秋不说话了。

瞿部长说，解铃还须系铃人，高一凡最初打交道的是韦芷秋同志，还是你去，你带几个会骑马的人去。

韦芷秋说好，然后在宣传队选人，选中了王振寰和何连田。因为方圆还不是宣传队的人，韦芷秋的目光在方圆的脸上溜了几下。方圆说，如果韦队长信得过我，我也可以一起去。

韦芷秋说，你一起去，也许把握更大。

这就定下来了。瞿部长派人给宣传队送来几匹马，韦芷秋一行按照侦察队提供的路线，一路快马加鞭，追到距离黄岩厝还有十里地的流镇南边，已是黄昏了，西边一轮硕大的夕阳流光溢彩，眼看就要挨上山脊线。远远望着前方田野中间的大路，一团黑影渐渐放大。

听到后面马队渐行渐近的声音，前方的几个人站住不动了，高一凡勒马转过身来。待韦芷秋等人靠近，高一凡才从马背上下来，面无表情地迎着韦芷秋等人。

走近了才发现，高一凡根本就不像逃跑的样子，只是脱下了红军军服，穿上了白色的西装，脚上蹬着白色的皮鞋，头上戴了一顶白色的礼帽。

韦芷秋老远就喊了一声，高教官。

高一凡还是纹丝不动，姚独眼和士兵把枪横过来，对着韦芷秋喊，站住，别动！

韦芷秋犹豫了一下，站住了。

就在这当口，方圆从韦芷秋身边走过，径直向前走去。

姚独眼挥枪大喊，站住，不许过来，就在那里说话！

方圆不理不睬，还是一步一步向前，步履沉稳，一直走到高一凡的面前，距离不到十步。

高一凡面无表情，冷冷地看着方圆，纹丝不动。

方圆又往前走了两步，一直一言不发，突然抬起左臂，左手由下而上、由外向内，画了一道弧线，拍在右肩下面，深深地鞠了一躬，喃喃地说，对不起高教官，我们错了，请原谅。

方圆的声音虽然不大，但是在初秋的黄昏的旷野上，似乎被微风吹得很远很远。

高一凡摘下墨镜，久久地凝视着方圆，再仰起脸，看着西边渐渐浓重的晚霞，脸上霞光荡漾。突然，高一凡一哈腰，向方圆回了一个礼。

直到这时候，方圆才抬起头来。十步开外的何连田分明看见，方圆的脸上泪光闪闪。

四

高一凡最终回到了红艺速成学校。瞿部长专门召集各个宣传队的负责人开会，要求大家尊重高教官，学习高教官的长处，包容高教官的缺点。

大伙商量，高教官重新回到课堂上，该怎么敬礼。有人提议，全体行举手礼，还有人提议，全体行"爱丁堡礼"——大伙私下已经把高一凡经常做的那个动作命名为"爱丁堡礼"。

韦芷秋问方圆，到底该行什么礼？

方圆想了想说，尊重是发自内心的，不在乎形式，还是像往常一样，起立立正就行了。

但是韦芷秋认为，高教官这样的人，是很讲究的，很爱面子，大家把他气走了，应该有个集体态度。商量的结果是，高教官第一次复课，还是按照红军的礼仪，全体行举手礼。

到了开课那天，高一凡夹着皮包，戴着墨镜，面无表情地走进教室，值班员一声喊，起立，敬礼！

全体学员刷地站起，恭恭敬敬地给高一凡行了个举手礼。高一凡好像有点意外，一时不知所措，本来仰着的脑袋突然低了一下，不由自主地抬起右臂，还了一个举手礼，声音有点沙哑，断断续续地说，各位，各位，对不起，我抱歉，请坐下，我……我们上课吧。

高一凡拿出这么一个姿态，大家就觉得高一凡这个人，其实不是什么天外的怪物，高一凡离大家并不远。坐下之后，有人甚至还偷偷地抹了几下眼泪。

那天高一凡讲的课题是"文艺的功用"，高一凡说，文艺就是通过我们的节目讲故事，讲善的故事，美的故事，故事唤起共鸣……也就是唤起人们对美好的善良的故事的向往。如果世界上都是善良的人，都是同情穷人的人，都是敢于向恶人斗争的人，那么这个世界就是美好的世界……

高一凡这样一讲，大家似懂非懂，但是知道了，文艺是善良的事业，是美好的事业。

接下来的几堂课，高一凡讲了几个世界名著，有莎士比亚的《哈姆雷特》、小仲马的《茶花女》、安徒生的童话《卖火柴的小女孩》，从讲故事开始，讲人物遭遇、人物性格、人物形象、人物命运和结构。大家被故事吸引，课堂上常常唏嘘不已。

课后讨论，普遍有个感觉，高教官变了，再也不像过去那样傲慢了，课讲得通俗易懂，明明白白。后来知道了，不仅瞿部长专门找高一凡谈话了，还指定由方圆配合高教官备课，方圆及时把大家的需求告诉高教官，再及时把大家的学习效果告诉高教官，这样一来，高教官的课就非常实用。

大家对高一凡的态度改变了，见面主动敬礼，高一凡也放下架子，经常和同学们探讨。何连田发现，高一凡最欣赏的学生还是方圆，每次示范，都要点方圆的名。后来上形体课，高一凡讲了一遍，做了个示范动作，方圆站起来表演，一招一式都很得体，比高一凡的示范还要好看。

有一次讨论，方圆居然说，高教官这个人，太不一般了，超凡脱俗，卓尔不群……方圆讲的话，何连田听不太懂，但是方圆讲这话的时候，他从方圆的眼睛里，看到了一种特别刺眼的光波，这使他的心里很不舒服，甚至痛苦。

除了何连田莫名其妙地不舒服，学员当中也还有人不喜欢，郑振中有一次对何连田说，小何你看出名堂没有？

何连田说，什么名堂？

郑振中说，一丘之貉，臭味相投。

何连田说，郑编导你的话我听不懂。

郑振中说，你知道为什么高一凡喜欢方圆吗？

何连田的心里噗嗤痛了一下，扭过脸说，因为方圆学习比咱们好啊。好先生都喜欢好学生。

郑振中说，狗屁，你没有发现，方圆也是资本家出身，他们都是有钱人，都看不起穷人，所以他们能够狼狈为奸。这就是阶级的区别。

何连田心里又是一痛，他不知道什么是"狼狈为奸"，但一听这话就不是好话，他本来想顶撞郑振中，可是转念一想，郑振中的话并不是没有道理。方圆虽然对他很好，还帮助过他，但那种亲切并不是……并不是什么,他也不清楚,总之不是那种掏心掏肺的亲切,而是……后来他知道,那叫可怜,再后来他又知道了,那叫同情,再再后来,他知道那叫居高临下或者叫悲天悯人,虽然当时他还没有完全明白,但是,仅凭方圆看他的眼神,他就知道他和她不是一路人,这让他心里很不舒服。

郑振中说,他妈的到底是反动派,他要不是资本家的阔少,他哪有钱出国留学,没有出国留学,他能有这么大的本事吗?

何连田不知道该怎么接茬,说,郑编导,首长说了,要尊重高教官。

郑振中说,我不尊重了吗?我很尊重他啊,但是我不能眼看这个反动派挖咱们的墙脚。

何连田茫然地看着郑振中说,挖咱们的墙脚?

郑振中神秘地说,小何,你看出来没有,那个反动派对方圆有意思,要不是方圆,他怎么会放着清福不享,来受这个卵蛋气?

何连田本来想问,你不也放着清福不享来受这个卵蛋气吗?但是话到嘴边,没有说出来。此刻他想起了那一幕,在流镇南边那个霞飞漫天的黄昏,当韦芷秋带领他们追上高一凡之后,方圆给高一凡行的"爱丁堡礼"和高一凡凝望远处的表情,当时他和韦芷秋、王振寰都没有跟上去,除了方圆的那句"对不起高教官,我们错了,请原谅。"之外,没有人听到高一凡说什么,也许在那一瞬间,他们什么都说了,他们是用眼神说话,用晚霞说话。

郑振中见何连田神情恍惚,问,小何你怎么啦?

何连田说,我头疼。

郑振中说,我今天跟你说这些,你不要跟别人说。

何连田说,我不跟别人说。

郑振中说,但是你自己心里要明白,这是我给你的任务,你要好好地看着他们。

何连田又是一惊,看着他们干什么?

郑振中把何连田招呼过来,嘴巴贴着他的耳朵说,好好看着他们,不管他们搞反革命活动,还是搞破鞋,都尽快向我报告。

何连田不知道他是怎么离开郑振中的,也不知道他答应郑振中没有,也许答应了,也许没有答应。为什么郑振中这么讨厌高教官呢?难道……想到这里,他又吓了一跳,难道郑振中对方圆有意思?自从方圆来到宣传队，宣传队就多了很多事。方圆的身上，确实有一种说不清的味道，人长得漂亮，有文化，也很乐于帮助人，可是……何连田突然想到"红颜祸水"这句话，想到这句话之后，他就不敢再往下想了。

五

原先计划，学习时间是两个月，但是只过了一个多月，一道命令下来，宣传队紧急回到部队。

情况来得突然，大家都觉得意外，只有何连田在心里发出一声欢呼，那敢情好，赶紧离开这个鬼地方，打仗去啊。

由于国民党军连续围剿，部队要实行战略转移，这就是后来被称为"长征"的大迁徙。

自从离开红艺速成学校，宣传队的人就再也没有见到高一凡，郑振中跟大伙说，那个人怕死，红军要转移，沿途都要打仗，高一凡的父亲派人把他接回去了，回家当资本家的阔少爷去了。有一次东方广跟宣传队一起行动，路上跟韦芷秋讲，因为高一凡不是正式的红军战士，所以在部队整编的时候，他留在了瑞金，不久就被他父亲的好友、国民党军委会的那位大官接走，回广州了。

长征路上，主力部队打了很多仗，二占遵义，四渡赤水，巧渡金沙江，部队就像揉搓不烂的竹根，从国民党围追堵截的缝隙里寻找生路，终于就来到了川西。

何连田肩上的担子时轻时重，肚子也是时饱时饿。不管肚子是饱的还是饿的，他都希望肩膀上的担子是重的，担子越重，宣传队的家当就越多。担子里面有剧社的服装、道具，除了个人手里的乐器，其他东西都在这里。当然，个人手里的乐器，也有一个大家伙在他担子里，那是王紫蓝的手风琴。

王紫蓝过去背手风琴，是给马德背的，她一直把宣传队的艺术指导马德当作老师，崇拜得不得了。可是马德并不喜欢她。马德是上过大学堂的，性格豪放，派头跟高一凡有点像，他最喜欢的学生也是方圆。红军离开瑞金之前，在登仙桥打了一场阻击战，马德负了重伤，差点儿死了，红军医院的医生给他做过手术，给宣传队的干部说了一句话，是死是活，就看今夜，今天夜里要是能放个屁，那就活过来了，要是一个屁都不放，那就……入土为安吧。

后半夜王紫蓝一直守在马德的旁边，盼星星盼月亮一样,终于盼到马德放了一个屁。马德醒过来,看着泪流满面的王紫蓝,心里很感动。后来红军主力转移,伤员交给留守支队,分别的时候,马德把手风琴送给了王紫蓝。王紫蓝背着这个手风琴,就像把马德背在身上,金贵得不得了。

《红霞报》在整编中被暂时取消,方圆被正式编入宣传队序列。

在川西行军的途中,打了一场硬仗,为了尽快摆脱敌人,红军纵队虚晃一枪,绕道而行,其实并没有走远,而是在距离库容六十里的麻田山区休整。

两天后,纵队得到情报,国军师长侯天赐为了给部下提气,将在三月初七这天在库容镇大摆庆功宴,庆祝"拒敌于江防之外",其实是借机敛财。纵队制订了一个计划,决定以三团为主力,杀一个回马枪,奇袭库容镇国军师部。

三月初七的头两天,国民党行政公署的专员派他的姨太太和副官长作为代表,前往库容镇参加侯天赐的所谓祝捷宴会。红军三团团长邹成卓派出一个排的兵力,在龙郓至库容的必经之路鼎昌峡谷设伏,抓获了国民党专员的姨太太和副官长,缴获贺信及贺礼。邹成卓在制订作战计划的时候，突然来了灵感，想到了一直相伴左翼的宣传队，找韦芷秋和王振寰商量，希望宣传队能够协助战斗。邹成卓的想法正中韦芷秋的意，几个人很快就构思了一个"智取库容"的作战计划，由郑振中扮演国民党专员的副官长，方圆扮演专员的姨太太，准备打进侯天赐的师部。

计划定下来之后，郑振中非常兴奋，主动找方圆排练了几次。方圆虽然没有演过戏，但是天资聪慧，又经过红艺速成学校培训，很快就入戏了。

就在郑振中准备大干一场的时候，没想到半路杀出个程咬金来。

三月初六的中午，郑振中穿上副官长的行头，宣传队一半人扮作副官长的随从，另有十几名红军官兵扮作挑夫，把枪藏在担子里，正准备出发，突然听见远处传来噗嗤噗嗤的声音。大家感到奇怪，韦芷秋赶紧让队伍停下，看看什么动静。

不一会儿，山坡公路的拐弯处就冒出一个"乌龟壳"，慢慢地朝前爬。十几个红军战士分布在"乌龟壳"的两侧，还有几个跟在"乌龟壳"的后面，不时用枪托捅捅"乌龟壳"的屁股，一边走一边吆喝"快点，快点"。

等"乌龟壳"走近了,拉开门,里面竟然跳下来西装革履的高一凡。

原来,高一凡虽然回到广州,却再也无法安静地当阔少了,红军北上这几个月,高一凡一直关注,前几天从报纸上看到红军进入川西,灵机一动,对叔父谎称前往战区考察军需损耗,搭乘国民党军飞机,直接飞到雅安,又从雅安刘湘的部队里借了一辆福特牌汽车,一路打听,终于在麻田山下追上了部队。

这一下,计划又改变了。本来,让郑振中演国民党副官长,大家就不太满意,仅仅因为他读过书,可以之乎者也地对话。可是,郑振中长得老相,脸上皱纹多且黑,一看就是种田佬,根本不像国民党官员。现在高一凡出现了,方圆第一个站出来说,好了,天助我也,高教官扮演副官长,不演都像。邹成卓更是拍手称快,当机立断,让高一凡扮演副官长。

高一凡哈哈一笑说,好,刚想看戏就听见锣鼓响,好长时间没有演戏了……不过,一个专员的副官长,官太小了。我可以演省长,你们信不信?

方圆说,高教官你就不要挑肥拣瘦了,这是打仗,战斗结束了，你还是教官。

高一凡不说话，只是笑，笑眯眯地看着方圆说，那好，我甘愿给你当仆人。

高一凡从天而降，不仅把郑振中的角色夺走了，也让何连田的心里不痛快。北上这些日子，方圆一直很少说话，常常望着远处发呆，现在高一凡来了，方圆的眼睛一下子就明亮了许多，连傻子都能看得出来，何况何连田。

郑振中不演副官长了，只能同何连田一样，演挑夫。吃罢中饭就出发，在向库容进发的路上，郑振中一直闷闷的，突然说了一句，高一凡不是人。

王振寰在边上说，老郑，都是为了战斗，你干吗骂人啊？

郑振中说，我骂人了吗？我说高一凡不是人，是神。

王振寰说，老郑，你是不是对方圆有意思啊？我劝你赶快打消这个念头。第一，你年纪太大，都三十三岁了，人家方圆才二十出头。第二，按照规定，你现在的职务还不够娶老婆的资格。

郑振中说，我说我对方圆有意思了吗？就算有意思又怎么样？我是宣传队的编导，还是老同志，就算我没有资格，我想想总行吧？

王振寰笑笑说，想想当然可以，可是你不要癞蛤蟆想吃天鹅肉，弄得不好，鸡飞蛋打。

郑振中说，我就是不服气，一个公子哥儿，他凭什么这么受宠？在红艺速成学校，居然给他开小灶，居然给他派警卫，就差没有给他配发小老婆了。这样的革命，跟国民党军阀有什么两样？

王振寰吓了一跳，赶紧说，老郑，注意纪律。

郑振中把担子换了个肩膀，不吭气了。

后来的一切都是按照计划进行的。

高一凡扮演的副官长和方圆扮演的姨太太，带着专员的贺信和贺礼，顺利地进入侯天赐的师部，侯天赐亲自陪同高一凡和方圆坐在主桌，一切都很正常。侯天赐介绍专员副官长的时候，高一凡没有反应，纹丝不动，而且鼻孔朝天，正在把玩侯天赐的水烟壶，幸亏方圆从旁边捅了他一下，他才回过神来，欠欠屁股，倒抓礼帽晃了晃，仅此而已。

侯天赐有点不高兴，觉得这个副官长太傲慢，心里想，他妈的一个副官长，居然这么大的架子，就是专员本人来了，他也得让我三分啊。想是这么想，但是侯天赐也没有太在意，他发现高一凡的手很白，哪里都是富态像，估计这是个纨绔子弟，也就不跟他一般见识了。

来宾介绍完毕，侯天赐致辞，吹嘘麒麟河战斗如何如何，然后大家举杯，觥筹交错，其乐融融。

宴会上，国军团以下军官有二十多个，大家都看出来这个"副官长"有来头，挨个给高一凡敬酒，什么气度不凡，什么年轻有为，什么外秀于表内慧于中，溢美之词如涓涓细流，让高一凡非常受用，来者不拒，很快就喝多了。

方圆在一旁暗暗着急，用脚不停地踢他。高一凡得意地哈哈大笑说，哈哈，看看，专员的姨太太在底下踢他的副官长，国民党确实腐化。

高一凡这一喊不要紧，却吓坏了侯天赐。侯天赐一个激灵，四处观察，果然看见在外围假装猜拳行令的挑夫和警卫们，全都停止了吃喝，朦胧中人人都把手伸向担子。侯天赐情知不好，一把揪住高一凡厉声问，你是什么人？

高一凡顿时酒醒了大半，不过并没有慌张，而是推开侯天赐，整整西服，站了起来，摇摇晃晃地举着杯子说，他妈的连老子都不认识？老子是红军！

说完，高一凡猛地把杯子扔在地上，发出了行动的暗号。

这一下麻烦了，此时还没到行动时间，侦察队刚刚潜入外围，被国军警卫拦在院外，院内仅仅凭借挑夫和宣传队的十几条枪胡乱射击。高一凡和侯天赐隔着一张桌子近距离对射，他一枪也没有打中侯天赐，反被侯天赐接连命中两枪。

好在韦芷秋熟门熟路，将宴会厅两盏汽灯打灭，这时候潜伏的侦察队也投入战斗，掩护宣传队撤退。韦芷秋指挥何连田，趁乱将高一凡拖出去，撤出战斗。

何连田背着高一凡，一口气跑出三里地，起先还有方圆和郑振中在后面托着高一凡的两条腿，减轻了不少重量，后来方圆和郑振中都被甩下了，何连田就一个人背，一直跑到黄龙河谷，才遇上邹成卓率领的主力。

邹成卓劈头就问，怎么提前了二十分钟？

随后赶上来的郑振中气愤地说，他妈的都是这个二百五，他忘乎所以，喝醉了，露了马脚。

邹成卓跺脚叹息，这是个什么人啊，我还以为他身经百战呢，他妈的中看不中用，误我大事，我怎么向纵队首长交代啊！

战斗结束后,纵队派来两个参谋,详细了解战斗情况。

找郑振中谈话的时候,郑振中说,我怀疑高一凡不是真的来当红军,库容战斗,很像他和国民党联手演的一出戏,反里应外合,企图引诱我红军主力,一网打尽。

郑振中这样一说,纵队的参谋警惕了,挨个找参加战斗的人员谈话,特别是宣传队的人。

韦芷秋虽然不相信这是高一凡和国军联合搞的"反里应外合",但是又拿不出反驳的依据,毕竟,执行这么重要的任务,高一凡居然喝醉,酒后误事,实在匪夷所思。

只有方圆振振有词地说,不可能,高一凡就是个混世魔王,他什么事情都能做得出来,因为他不在乎。

方圆的话不仅没有替高一凡开脱,反而让自己也落了个"高一凡同谋"的嫌疑。

纵队的参谋又去找邹成卓谈话,邹成卓哈哈大笑说,高一凡是蠢,可是你们这些人比高一凡更蠢,稍微有一点战术头脑的人都能看出来,这就是一个"酒后误事"。如果说高一凡同白军"反里应外合",目的是什么?是诱敌深入,伏击我主力?可是我主力进入黄龙河谷,来去都没有遇到伏击,这说明敌人对我们的行动,事前一点儿都不知道,怎么能说是"反里应外合"呢?无稽之谈嘛。

邹成卓是战术专家,就他这一句话,高一凡同国军联手"反里应外合"的说法就不攻自破了。

过了几天,从纵队传来一个喜讯,库容战斗给敌人一个假象,让敌人认为红一方面军已经擦肩而过,库容战斗乃红四方面军先遣部队所为,于是国军调整兵力,转道追赶,而此时红四方面军正好利用这个空隙,实施"黄雀在后"计划。仓促拔营的侯天赐师在懋功南侧遭到两个方面军的夹击,损失了一个半团,比库容战斗原先设计的效果更佳。

这个情况,同时也证实了库容战斗所谓"反里应外合"纯粹子虚乌有,从而洗清了高一凡和方圆的嫌疑。

六

部队开拔之前,东方广专程到麻田救护所看望高一凡,并劝说高一凡离开红军队伍,因为后来的日子会越来越艰苦。

高一凡说，如果你们怀疑我是国民党的探子，我只好离开。

东方广说，我们当然不怀疑你，但是，红军是要打仗的，北上途中，食不果腹，衣不遮体，组织上担心你受不了。

高一凡问，方圆跟不跟队伍走？

东方广说，方圆是红军的人，当然跟红军走。

高一凡说，我也是红军的人，我当然也要跟红军走。

纵队请示了上级，最终答应高一凡跟着队伍走。

郑振中对这件事情很有看法，虽然说组织上排除了"反里应外合"的嫌疑，但是在库容战斗中，高一凡并没有起到好作用，就是因为他得意忘形喝醉了，才导致仓促应战，怎么说他也是有责任的，如今不仅没有把他撵走，从麻田出发的时候，反而多给他发了两斤糌粑，难道有钱人到哪里都特殊？郑振中在背后嘀咕说，这个人是灾星，他跟着我们，早晚要吃他的亏。郑振中还在私下交代何连田，对高一凡，务必保持警惕，随时看着他。

在卓尔康宿营的时候，一个下午，郑振中突然找到韦芷秋说，我在卓尔康街头看见一个熟人，姚独眼。

韦芷秋问，姚独眼是谁？

郑振中说，高一凡的狗腿子啊，于仕伏的部队起义，这家伙没有跟起义部队走，跑了。

韦芷秋这才想起来，在于仕伏的部队是见到过一个独眼。韦芷秋问，姚独眼怎么来了？

郑振中说，还有他的两个兵，挑着担子，不知道什么时候跟上我们了，很危险啊。

韦芷秋想想说，有什么危险？可能是姚独眼给高一凡送东西来了，不要大惊小怪的。

郑振中说，是啊，是送东西，可是我们的行军路线姚独眼一清二楚，万一他被白狗子抓去了，供出了我们的行踪，不就麻烦大了吗？再说，他本身就是反动军官。

韦芷秋想想，也是这个道理，就找高一凡谈话。

高一凡大大咧咧地说，就是，他们就是给我送东西的，我正要找你们商量，奶粉分给女同志，面包小何挑着，大家慢慢吃。你们搞的那个糌粑，我吃不下去。

韦芷秋说，你让姚独眼跟着我们，很不安全，这也是我们红军纪律不允许的。高教官，你要是吃不了这个苦，我看你还是早点离开，就在卓尔康跟姚独眼走吧。

高一凡呆着脸，想了想说，算了，我让他们滚蛋，我还是跟你们一起吃糌粑吧，谁让我是红军呢。

因为高一凡的缘故，从卓尔康到黑水河这一段路上，宣传队的伙食都比别的部队好，后来韦芷秋又找方圆谈话，让她动员高一凡把姚独眼送来的东西上交一部分给纵队医院。韦芷秋说，我们红军，有福同享，有难同当，不能搞特殊化。

方圆把韦芷秋的话跟高一凡转达了，高一凡半天没有吭气，后来还是由方圆做主，把奶粉和面包送给纵队医院了。

从春天走到夏天，红一方面军和红四方面军在懋功会合，军委在芦花地区召开会议，决定通过草地北上。宣传队因为正在给红四方面军的一支部队慰问演出，北上的时候就跟随这支部队行动，没想到，这次离开纵队，会带来更多的磨难。

那时候，谁也不知道草地是个啥模样，走进去才知道，所谓草地，其实没有多少草，地面人迹罕至，天上连鸟都很少见到。部队过草地的时候已是秋天，而草地里的秋天不是个秋天，太阳高兴了出来了就像夏天，太阳不高兴了不出来了就是深秋和冬天，常常是雨一阵雪一阵，弄得人也是一会儿发烧一会儿发凉。

更严重的是，粮食很快就没有了。过草地的时候，每人准备了半个月的粮食，大伙省吃俭用，打算吃二十天，可是二十天过去了，前面还是望不到尽头，何连田的担子越来越轻，肚子也越来越饿。他本来饭量大，体力消耗也比别人大，几个年龄小一点的队员，实在走不动了，就把干粮袋偷偷地扔到何连田的担子上。

有一回，李璐把口琴扔到何连田的担子里，被韦芷秋看见了，韦芷秋说，你们不要这样，都把东西交给小何，会把他累死的。

何连田说，那敢情好，我劲大着呢。

其实，说这话的时候，他的腿杆已经摇晃了。

有一次休息的时候，何连田看着天空出神，韦芷秋问，小何你看什么？

何连田说，我在看天上，怎么一只鸟都没有？

韦芷秋一怔，说，是啊，天上一只鸟都没有，说明草地很大很大，前面的路还有很远很远，连鸟都找不到吃的。

何连田不说话，空洞的眼光看着远处。

再往前走，连宣传队也死气沉沉了，大家走路的力气都没有了，哪有力气搞宣传鼓动啊。只有高一凡和方圆，一路上都在嘀嘀咕咕，还经常搀扶在一起，好像四条腿走路。

刚进草地的时候，看着高一凡和方圆的四条腿，何连田感到非常痛苦，在瑞金红艺速成学校的时候，他就看见这四条腿交织在一起，跳什么外国舞。这四条腿常常让他想到驴，那要是一条驴就好了，可以帮大家驮东西，必要时也可以杀了吃肉。

自从有了这个想法，何连田就很紧张，他怕他饿极了，真的会拿一把枪朝那四条腿开枪，因为更多的时候，清醒的时候，他知道那并不是驴，这使他的心情很复杂。

在何连田的感觉里，宣传队就是一个家，这个家里，韦芷秋就是家长，王振寰要算副家长，郑振中虽然年龄最大，但是何连田内心并不想把他作为家长，最多就算个大哥。至于后来加进来的，譬如高一凡，何连田始终把他当作外人，连带方圆也成了外人。再譬如拉二胡的邓金湖和唱歌的李璐，何连田也不喜欢，特别是邓金湖，眼睛老是盯着他的担子，有点贼相。

刚进草地的时候，前锋部队在青奥跟国民党追兵打了一仗，双方都死了不少人，何连田高兴得很，部队都撤出战斗了，他还在死人堆里翻东西，找到了一点能吃的东西，悄悄地塞在铜壶里，藏在担子底下。

有一次休息，何连田打火烧茶，悄悄地往里面放了块糍粑，被邓金湖看见了，邓金湖咳嗽了一声，何连田明白他的意思，装作没有看见。

再行军的时候，邓金湖就跟在何连田的担子后面，有一搭无一搭地嘀咕，人为财死，鸟为食亡。何连田埋头行军，不理他。邓金湖又问，小何兄弟，你是穷苦人家出身吗？何连田哼了一声。邓金湖说，你知道吗，有个伙夫私藏粮食，自己多吃多占，被砍头了。

何连田心想，你吓唬我没用，我从来不多吃多占。

没想到酿成一场风波。邓金湖经过反复跟踪侦察，终于发现了何连田的秘密，郑重地向党代表王振寰举报，何连田私藏粮食，并且给韦芷秋开小灶。

王振寰其实早就知道何连田的行为，他知道何连田对韦芷秋是个啥感情，但是他一直没有说破。如今邓金湖大张旗鼓一举报，他就不能不当回事了，因为在长征路上，私藏粮食、偷吃粮食都是杀头之罪。

于是就召开讨论会，首先由邓金湖报告他发现何连田私藏粮食的经过，然后让何连田坦白。

何连田没想到他闯了这么大的祸，站起来结结巴巴地说，粮食是青奥战斗之后，从死人身上搜的，不是公家的粮食。

邓金湖说，那也是公家的，一切缴获要归公。

然后大家七嘴八舌地议论，王紫蓝突然站起来说，我揭发，何连田给韦队长当狗腿子，两个人搞小集团，韦队长总是护着何连田，不让他帮我拿手风琴。

然后大家就七嘴八舌揭发何连田的错误。

韦芷秋这才知道，原来这几天，何连田一直在她的茶里放糌粑，难怪她比别人有劲。韦芷秋痛心疾首地说，确实是我的错，我应该早就警觉的，可是我，我没想到……不，是我有私心，多吃多占，才没有制止小何的行为……韦芷秋也不知道该怎么说了。

邓金湖说，韦队长你搞特权，只是问题的一个方面，另一个方面的问题更严重，这个何连田，他心甘情愿当狗腿子，腐蚀革命干部，他想干什么？

邓金湖的话把大家吓了一跳，是啊，他想干什么，这个问题大家过去没有想过，现在想想，确实是个问题。

郑振中说，何连田的问题是小问题，韦芷秋的问题是大问题，作为宣传队的队长，对何连田的错误没有及时纠正，没有及时加强教育，这种个人感情对革命是有危害的。

王振寰说，要说平时，何连田多照顾韦队长一点，也是可以理解的，因为韦队长贡献最大。问题是，现在是在草地上，干部的一言一行都影响着大家的情绪，如果用个人感情代替原则，我们的队伍你一伙他一帮，那不就成帮会了吗？这是反动的封建余孽。

这样一说，问题更严重了。

何连田听出来了，他的问题连累了韦队长，这是他最不能接受的事情。何连田站了起来，沉痛地说，千错万错都是我的错，要杀要剐我一个人扛着，韦队长她什么都不知道。

郑振中说，何连田同志，你这是什么意思？你在抵触同志们的批评啊！

何连田说，我怎么抵触了呢？事情是我做的，就该我承担责任啊！

正在这时，传来一声冷笑，你们这是干什么？小何自己从死人身上搜的粮食，自己舍不得吃，帮助同志，怎么让你们一说就成了反革命了呢，真是莫名其妙。

大家一看，说话的是方圆。

方圆说，我到宣传队之前就认识何连田，红军在新惠打仗，吃了群众粮食，留下欠条，打了胜仗之后，让小何挑了一千块银元到新惠赎回欠条，那时候，他有一百个机会携款逃走，可是他饿得要死，还是把银元送到了新惠。过草地这一路上，谁做的事情最多，谁身上的负担最重，谁功劳最大，大家有目共睹。为什么就拿这么一点小事上纲上线，这是同志感情吗？我看你们是嫉妒，是自己想多吃多占。

方圆平时不怎么掺和宣传队的事情，这次放了一炮，振振有词，说得大家面面相觑。何连田知道方圆护着自己，眼泪都出来了。

方圆说话的时候，高一凡就坐在她身边，举着文明棍，做瞄准状。方圆用胳膊肘碰碰高一凡说，高教官，你对这件事情怎么看？

高一凡说，什么事啊？

方圆说，何连田私藏粮食啊。

高一凡哈哈一笑，世上本无事，庸人自扰之。我看你们是饿昏了头，没事找事当饭吃。

说完，挂起文明棍，起身拍拍屁股，看着远处说，他妈的，这草地，连土匪都不来，要是来了土匪打一仗，我敢把死人身上的肉挖下来炖汤,你们信不信?

七

这次会议不了了之,唯一的结果就是韦芷秋把何连田批评了一顿,说以后不要让她搞特殊化了,对同志要一视同仁。再找到粮食,大家都分一点。

何连田说,那敢情好。

他嘴上这么说着,心里却不以为然,一视同仁那是不可能的,因为贡献有大有小。

上级给宣传队布置一项任务,每次行军,选择一个适当的地方,建立"宣传棚",几个人往行军的队伍边上一站,精神抖擞地打快板——同志哥莫松劲,勒紧裤带干革命,往前再走二十里,萝卜炖肉热腾腾……

宣传队很多人原先不会打快板,过了一次草地,差不多都会了,何连田的快板打得最好,连王振寰都说,等走出草地,小何就不用当挑夫了,可以登台演出了。

萝卜炖肉谁也没有看见,但是自从有了"宣传棚",好像人人心里都吃上了萝卜炖肉。特别神奇的是,又饿又累的战士,有的都想躺倒了,听到宣传队的快板,又站起来了。有一次何连田亲眼看见，在一个风雪交加的洼地里，有个战士正走着，抱着枪就睡着了，一头栽在雪地里，被韦芷秋看见了，冲上去连扯带拽，把这个战士拉了起来。韦芷秋说，起来起来，不要睡，等你牺牲了，有的是时间睡大觉，现在你给我起来，跟上。

那个战士梦游一般地说，我还活着吗？

韦芷秋照他屁股狠踢一脚，那个战士嗷地叫了一声，站了起来。韦芷秋说，你活得很好，记住，无论如何不能倒下，一旦倒下，你就再也站不起来了。

那个战士精神一振，回头向韦芷秋敬了一个礼说，首长，我记住了，我再也不倒下了。

据说，那个战士在后来翻越夹金山的时候，就是学了韦芷秋的办法，救活了很多战友。

再往前走，粮食更少。部队天天盼望打仗，跟谁打都行，只要能见到人，就有可能弄到吃的。

有一次休息，高一凡和方圆并肩坐在路边，何连田挑着担子路过，看见高一凡的双膝并拢，膝盖上横着文明棍，他的一只手悬在文明棍上，几个指头上上下下地动弹。

方圆问高一凡，你在干什么？

高一凡说，我在发电报。

方圆又问，给谁发电报？

高一凡说，给上帝，让他送点面包来。

何连田对高一凡的看法，就是从这个时候开始发生变化的，尽管草地上那四条形影不离的腿一直困扰着他，尽管流镇山坡上方圆在高一凡面前流下的泪水一直刺激着他，尽管郑振中在他面前说的那些话折磨着他，可是他还是觉得，高一凡是一个可爱的人，就像方圆说的那样，从年纪上看，高一凡是她的大哥，可是从性格上看，他就是一个孩子，一个被惯坏了而心地善良的大孩子。这样有钱人家的孩子，他参加红军，跟着他们一样受苦受累，他图的是啥呢，就算像郑振中讲的那样，他是冲着方圆来的，也不是一般人能够做到的啊！

上帝的面包没有送来，倒是敌情来了。

就在高一凡坐在路边"发电报"的那个下午，遇上了一支国民党军，后来听说是一个团。大约国军也没有想到，他们会在一个人迹罕至的名叫玛水岭的地方同一支红军遭遇。两军迅速占领阵地，双方都不摸对方的虚实，隔着阵地喊话。

就在这个时候，出了一个意外，高一凡突然从土坎

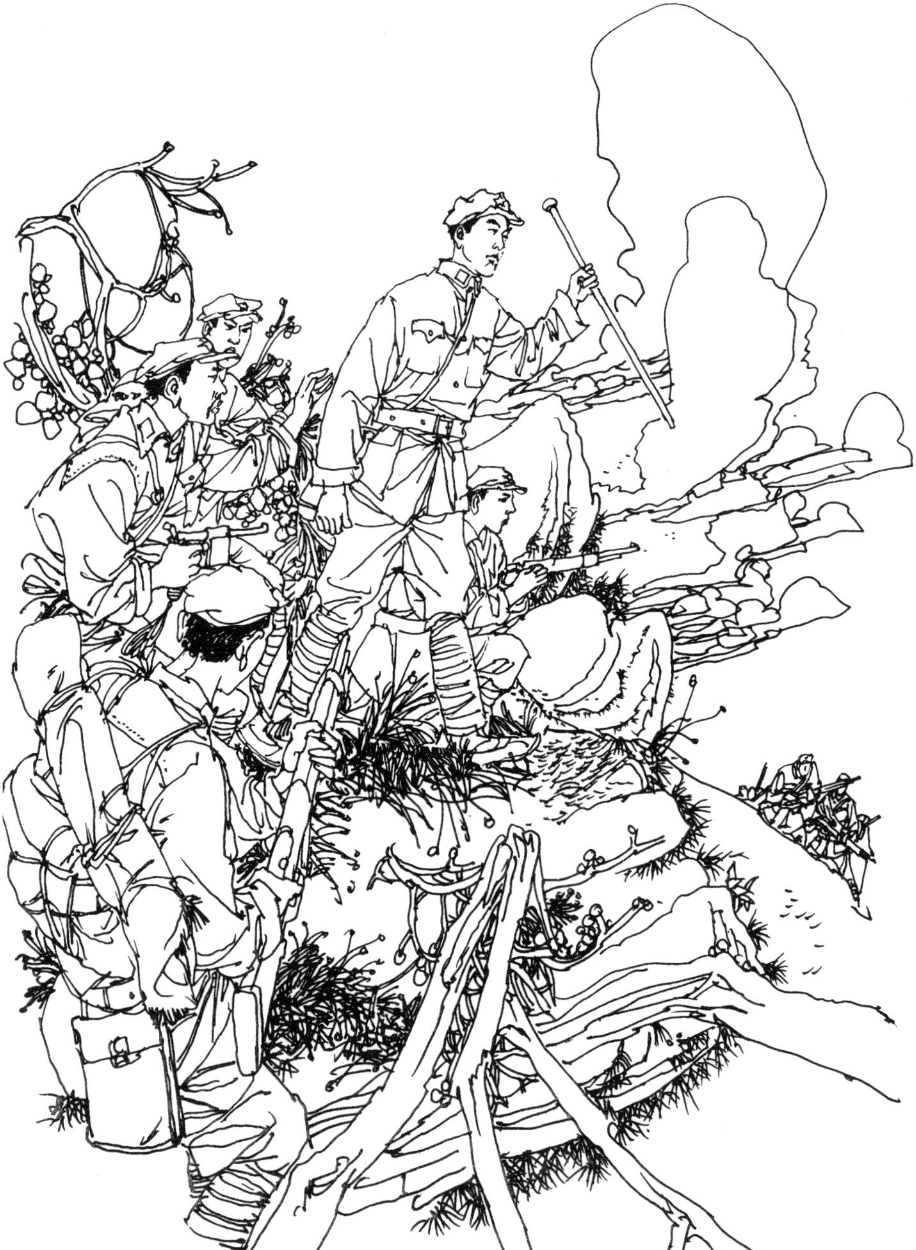

后面跳出来，挥舞着文明棍，大摇大摆地向敌人阵地走去。

红军阵地上的官兵惊呆了，方圆和韦芷秋一起大喊，高教官，高一凡，你要干什么，你回来！

高一凡不理，继续往前走。方圆急了，跳出阵地就追，韦芷秋也急了，跟在方圆的后面追。

郑振中"咔嚓"一下把子弹装上膛，喊了一声，高一凡你回来，再不回来我就开枪了！

郑振中喊了几次，几次都把手指扣到扳机上，但是最终没有开枪。

敌人阵地上也是一片惊慌，噼里啪啦地拉枪栓，一片叫嚷，站住，你是什么人？

高一凡仍然视而不见旁若无人，挥舞着文明棍，向前大步流星。

韦芷秋追了一半，站住了，只剩下方圆，还是不管不顾地追赶高一凡。眼看两个人都进入敌人的射程之内，敌人阵地上居然没有人开枪，就那么一直瞪着眼睛看着高一凡走上他们的阵地，方圆也随后跟了上去。

大约过了二十分钟，高一凡原路返回，龇牙咧嘴地挑着一个担子，担子两头挂着两个布袋，里面各有十多斤白面。后面跟着蓬头垢面的方圆。

回到红军阵地上，高一凡放下扁担，洋洋得意地说，看吧，软的怕硬的，硬的怕不要命的。老子本来就没有打算回来，可他们硬把老子撑回来了，怕老子有个三长两短。

韦芷秋看着高一凡，就像看一只稀有动物，板着脸问他，高教官，你是怎么弄到这些粮食的？

高一凡挥挥文明棍说，我让他们集合，问他们知道不知道老子是谁，他们说不知道。我说老子是高一凡，是蒋委员长的外甥，就这样，他们还给我敬礼。

韦芷秋问方圆，他真的这么做了吗？

方圆怔怔地看着高一凡，突然一咧嘴，哭了，一边哭一边笑，一边笑一边哭，上气不接下气地说，真的，他就是这么干的。这个人啊，这个混蛋，他把我吓坏了。

高一凡大大咧咧地说，有什么好吓的，反正就是一死嘛，我老高，不知道死了多少回了，可是他们谁也不敢让我死，连上帝都没有这个胆量。

二十多斤白面，给宣传队带来了天大的惊喜，但是王振寰只让大家吃了一顿面汤，剩下的，给高一凡留了五斤，其余的都送到纵队医院了。高一凡留下的五斤，也没有完全独吞，只是比别人多要了一个馒头，其他的还是分给大家了，还特意给三个挑夫每人多分一个馒头。

这二十斤白面，让宣传队又多活了几天。渐渐地，大伙都觉得，高一凡参加宣传队，不是什么灾星，这个人越来越可爱了。

白面吃完了，一天断粮，三天断粮，吃过白面的肚子，迅速又瘪下来了。宣传队第一次出现了饿死人的情况，首先死的是勤务队的两个兵，因为体力消耗太大。韦芷秋看不下去了，硬是把勤务队担子上的物件分给大家，自己背着一捆服装，像乌龟一样爬行。

八

走到四川和甘肃交界的地方，上级给宣传队拨来一百斤麦麸，党代表王振寰把何连田和另外两个挑夫召集在一起，严肃地说，这一百斤麦麸，关系到宣传队能不能走出草地，所以你们要保证绝对忠诚，每天每人分三两，一点不能偏心。

王振寰讲这话的时候，眼睛看着何连田，并说，小何你是组长，你负责分配，但是绝对不能有偏向。上次没有处分你，你要将功补过。

何连田说，那敢情好。

何连田嘴里是这样讲的，也是这样想的，但是每到分配麦麸汤的时候，他的心里都是七上八下的，手也抖得厉害。一到宿营地，有的拿着破瓷缸，有的拿着碗片，一律眼巴巴地看着他，就连一向仰着下巴的高一凡，在领麦麸汤的时候，也是一动不动地盯着何连田手里的勺子，那眼神好像在说，别忘了，我是替你说过话的。

何连田确实会多给高一凡一点，不光是高一凡，还有方圆，再加上多给韦芷秋的，何连田自己每天只能分到一两麦麸汤。有一次急行军，何连田实在饿得走不动了，本来只想坐下来歇歇，没想到坐下就站不起来了，晕倒在路边的沟里。

何连田不知道他在草地上腥臭的水洼里躺了多久，他的耳朵里面尽是虫子的叫声。就在这叫声里，他似乎感觉身下有一股暖流，他突然变成了一条蚯蚓，拱着泥土往前爬行，泥土里不时有一种甜甜的味道进入他的口腔，蚯蚓的肚子滚瓜溜圆，终于又变过来了，重新长出了腿脚……

何连田压根儿不知道，他在水洼里梦见自己变成蚯蚓的时候，宣传队已经走出三里多路了，终于有人发现何连田不见了。郑振中的第一反应就是，何连田开小差了，因为何连田的担子里还有十多斤麦麸，而这个地方，向西不到四十里就能到尒迪镇，他完全有可能挑着粮食逃跑了。

邓金湖说，他肯定对上次批判会耿耿于怀，这回索性一不做二不休，溜之乎也。

郑振中和邓金湖这么一说，大家都不吭气，就连韦芷秋都拿不准，这回何连田是不是真的跑了。

方圆问高一凡，你说何连田会不会真的溜之乎也？

高一凡抬头看看天，不紧不慢地说，非生即死，一切皆有可能。

韦芷秋说，暂时还不好下结论，赶快回去找啊，说不定他饿昏在路边了。

一句话提醒了众人，郑振中叹了一口气说，他妈的，好不容易走了这么远，又要回去找人，找不到人，累也累死了。

顿了顿又说，这么办，韦队长我给你一个建议，咱们凭自愿，愿意回头找人的举手。

韦芷秋第一个把手举起来说，我相信小何不会溜号。

韦芷秋把手举了很长时间，王振寰才举手说，我是党代表，我有责任查清所有同志的行为。

韦芷秋说，我和党代表最好不要同时离开，郑编导我们两个人去吧，让党代表留在队伍里。

郑振中虽然很不情愿，还是把手举起来了。

王振寰说，那好，你们二位沿来路寻找，只找三里路，记住，不管找到找不到，三里之后即返回，我们在前面的宿营地等你们。

韦芷秋和郑振中简单地准备了一下，正要出发，突然听到一声喊，我也去，我的手风琴还在小何的担子上。

是王紫蓝。

三个人各怀心事，拖着沉重的腿，一步一步向前挪动。等他们找到何连田的时候，何连田已经站起来了，正准备挑上担子上路。王紫蓝最早看到何连田，惊喜得大叫，小何，小何，何连田，你还活着啊，你没有溜之乎也啊！

韦芷秋和郑振中都站住了，远远地看着何连田走近。何连田挑着担子，踩棉花似的，跟跟跄跄来到韦芷秋和郑振中的面前，放下担子，垂着脑袋说，对不起韦队长，对不起郑编导，我掉队了。

韦芷秋说，小何，你知道你这一掉队，把大家吓成什么样了吗？我就知道你是掉队了。

何连田看着韦芷秋和郑振中，正要说什么，突然，郑振中上前一步，盯着何连田说，小何，把嘴张开！

何连田愣住了，韦芷秋也愣住了，何连田愣了一下好像明白过来了，牙帮骨一阵哆嗦，猛地把嘴张开，张得老大老大。

韦芷秋看看何连田的嘴巴，发现他牙龈上沾着一点黑绿相间的东西，问道，小何，你吃了什么？

何连田说，我吃了什么，我什么也没有吃啊。

郑振中看看何连田的牙龈说，泥巴，小何你吃了泥巴？

何连田这才想起，刚才他梦见自己变成了一条蚯蚓，钻进土里吃泥巴，没想到是真的。

韦芷秋对郑振中说，现在你相信了吧，小何他没有偷吃麦麸。

郑振中讪讪地说，对不起，我知道我不该怀疑，可是……我也是被饿昏了，小何你不介意吧？

何连田低下头说，都是我不好，我不该掉队。

韦芷秋说，没有办法，这点粮食就是命，小何你的担子挑着宣传队的命，请原谅同志们不放心。

何连田说，那敢情好。

郑振中说，都清楚了，赶快赶路吧，同志们还在前面等着我们。

于是赶路，几个人往前走了一百多步，王紫蓝突然叫了一声，等一等。

大家吓了一跳，以为遇上情况了，韦芷秋刷地一下掏出手枪，侧耳聆听，好像也没有啥情况。

王紫蓝走到何连田的身边，掀开担子上面的麻袋，失声叫道，手风琴，我的手风琴，小何，你把我的手风琴弄到哪里去了？

何连田一怔，这才发现挑子上的手风琴不见了，顿时急出一身冷汗，东张西望说，怪事啊，手风琴它就在挑子里面啊，它到哪里去了呢？

王紫蓝一把揪住何连田，声泪俱下，小何，一定是你嫌重，把我的手风琴扔了，你给我讲实话，是不是你扔了？

何连田被王紫蓝推搡得东倒西歪，一连声说，对不起，我确实不知道丢到哪里去了，不是我故意扔的。

郑振中说，王紫蓝，不要纠缠小何了，马德并不爱你，你抱着他的手风琴干什么？增加重量，不值得。

王紫蓝说，马指导不爱我，可是我爱他，我不能把他的手风琴弄丢了。

韦芷秋说，宣传队就这么一架手风琴，丢了确实可惜，要不再回头找找？

郑振中向韦芷秋投去一个意味深长的笑容，找什么，昨天我就发现手风琴丢了，找不回来了。

王紫蓝盯着郑振中，突然松开何连田，抓住郑振中嚷嚷，不对，不对，今天上午出发的时候，我还看过小何的挑子，手风琴就在里面。一定是你做了手脚，就在刚才扔的。

郑振中说，你说是我做的手脚，就算是吧，如果找到手风琴，你得自己背着，再也不要给小何增加负担了。

王紫蓝傻傻地看着郑振中，明白了，松开郑振中，跌跌撞撞往回返，果然在何连田躺过的水洼边上找到了手风琴。只是，从那之后，她再也不敢把它放在何连田的担子上了。

再往前走，麦麸也没有了，就只能吃树皮草根了。奇怪的是，即便断粮，部队多数人还是活着，特别是宣传队，似乎越活越精神。但凡宿营，何连田就带着他的挑夫小组，到水洼子里找东西，前面的部队一遍一遍梳篦式搜刮，鱼虾早就不见踪影了，但是何连田发现了另外一种食物——在水洼的边角，寄生着一种生物，以后知道那东西名叫黑泥螺，一种似草非草、似虫非虫的东西。水洼越大，黑泥螺越多。就靠这个加上野菜，宣传队走出草地，人都活着。

眼看秋天快走完了，有一天正在走着，突然有人惊叫，看，看啊！

大家抬头看去，原来是一群黑色的大鸟从头顶上飞过。郑振中二话不说，从一名战士的手里接过步枪，举起来瞄准，高一凡在一边说，老郑不要打，见到鸟了，说明草地快走到头了，留下条性命。

郑振中听了这话，犹豫了一下，终于放下枪，怔怔地看着黑鸟远去。

果然，再走半天的路程，就隐约看见山脊线了。见到山了，说明草地快走到头了。

两天后，到达中阿坝地区，虽然人烟稀少，但是地里见到了一些庄稼，总算能喝上一碗稀饭了。

九

部队渡过黄河之后，在一条山同马家军打了一场恶仗，大伤敌人元气。战斗结束后，宣传队接到命令，根据一条山战斗情况，创作一台节目，既要鼓舞士气，又能对敌人产生瓦解作用。总部还下发了总部剧社创作的《打骑兵歌》和《打骑兵舞》脚本，要各部宣传队学习，在此基础上提高，能够通过文艺节目，指导部队的战术动作。

自然是编导先拿方案。郑振中琢磨了半天，明白了上面的意图，愁眉苦脸地对韦芷秋和王振寰说，指导部队的战术动作，这是什么意思，这不就是让我们编教材吗？

王振寰说，不光是编教材，还要示范，我们的演出就是示范。

韦芷秋却高兴地说，我们宣传队的功能扩展了，上级就是要我们当教导队，这个任务很值得研究。

于是就研究，老套路，召开诸葛亮会，除了队干部，高一凡和方圆也参加了。韦芷秋说，我们现在的主要敌人就是马家军，威胁最大的就是他的骑兵，我们主要就是对付他的骑兵。

王振寰说，我在一条山战斗中注意观察，他的骑兵冲击的时候，远处目标密集，但是步枪射程不够，近处射程够了，但是目标又分散。所以我们要研究最佳的射击距离。

郑振中听了，愣了半晌才说，啊，党代表你很懂打仗嘛！

王振寰笑笑说，那是当然，我当过骑兵连的排长。

郑振中说，那你说说，最佳的射击距离是多少？

王振寰说，这个我也说不好。

韦芷秋说，我发现马家军的骑兵冲击很有规律，一般都是三百米左右开始整队冲击，冲击之初，呈纵队，目标虽然密集，但是正面小，排子枪射击，打中的都是最前面的目标，杀伤力不大。但是在距离我阵地二百米的时候，向两边散开，呈一个扇面，这个时候，正面最大，一阵排子枪，可以发挥最大的杀伤力。所以，最佳射击距离应该是阵地前一百五十米左右。

韦芷秋讲这话的时候，高一凡和方圆就在旁边，不知道高一凡从哪里弄了一支铅笔，还有几张白纸。韦芷秋一边讲，高一凡一边画，刷刷刷，几笔就勾出一支骑兵的队形，再刷刷刷几笔，画面上就出现了三条弧线，连成一个扇面。

方圆惊喜地叫道，高教官，你太了不起了，你怎么什么都会啊？

高一凡笑笑说，我读过大学，自然什么都会。

方圆说，啊，读过大学就什么都会啊，难道大学什么都教吗？

高一凡说，这是基本功，什么都学一点，什么都不精，谈不上专门家。

往后就热闹了，大家七嘴八舌，集体凑了一个《打马队歌》：马队来了不要慌，等它抵近再举枪，估算一百五十步，纵队变成"八"字样，此时正面全暴露，给它一阵排子枪……

不光有《打马队歌》，还有"打马队舞"，更有"打马队画"。再后来，又讨论出"正引侧打""虚守实攻"等战术。在一次战斗中，何连田组织宣传队几个会吹口技的战士，把树叶当乐器，在正面吹出战马嘶鸣的声音，部队在侧面射击，从射击马头到射击马腹，射击目标增宽了几倍，打起来杀伤力大大增加。

为了感谢宣传队，部队送给宣传队一匹黑马，当然是伤马。何连田奉命到团部牵马，还带回来一个伤兵俘虏。回来的路上遇见高一凡和方圆，高一凡一看见马，两眼放光，高兴得手舞足蹈，老远就奔了过来，二话不说就往马背上骑，压得马腿一瘸一瘸的，马头高昂，嘴里发出愤怒的嘶鸣，看样子恨不得扭过头来咬高一凡一口。

方圆在后面大喊，高教官你干什么，马负伤了，你想把它累死啊！

高一凡这才注意到马是伤马，倒吸一口冷气，翻身下马，心疼地察看马屁股上的伤处。黑马却不领情，又跳又踢，还不时地朝高一凡打喷嚏。高一凡一边躲闪，一边在马脸前面扇动巴掌，好像挑逗它玩。忽然，高一凡停止了嬉闹，鼻子抽了抽，后退两步，又上前两步，再靠近马脸抽动鼻子，招呼方圆说，方圆，你过来闻闻，这是什么味道？

方圆小心翼翼地靠近马脸，也抽动几下鼻子，惊讶地说，酒，马嘴里有酒味。

高一凡怔了怔，把文明棍举起来，哈哈一笑说，马家军厉害，他们给马喝酒。又用文明棍一指躲在一边的伤兵俘虏，你说，是不是给马喝酒了？

伤兵俘虏低眉垂眼，老老实实地说，不是喝酒，是吃酒。每次打仗前两天，他们都往草料里撒酒曲子，蒙上破麻袋在旁边烧牛粪，马吃了发酵的草料，不多一会就酒性发作，打仗的时候，就像醉汉，疯了一样往前冲。

高一凡怔了一会说，好，这回有好戏看了。

回到宣传队驻地，高一凡就让方圆找王紫蓝借手风琴，不知道从哪里又弄来了两匹马，让何连田把三匹马牵到院子外面，拉手风琴给它们听。

琴声很快就把宣传队的人引了过来，大家都弄不明白高一凡又要玩哪一出，只是觉得高一凡的手风琴拉的调门有些奇怪。

高一凡拉手风琴确实不熟练，刚开始的时候琴声忽高忽低，时快时慢，三匹马都瞪着眼睛，惊慌地往后退缩。渐渐地，高一凡熟悉了键盘，琴声就有板有眼了，一阵像风，一阵像雨。高一凡摸到了窍门，很是高兴，拉着拉着就闭上眼睛，摇头晃脑，身体也弯弯曲曲地左右扭动。

很快，大家就看出名堂了，那几匹马，由惊恐到好奇，由躲躲闪闪到蠢蠢欲动，马腿开始踏步，踏着踏着，就随着节拍，前前后后，左左右右，扭动腰肢，摆动屁股，跳起了马舞。

马跳人也跳，人和马对着跳。高一凡睁开眼睛，高兴地大叫，大家快来啊，我来教大家跳"马人圆舞曲"。

最先上场的不是方圆，而是王紫蓝，王紫蓝用当初敬仰马德的眼神敬仰着高一凡，起先还扭扭捏捏的不自然，跟着音乐的旋律跳了几下，很快也找到了感觉，跳得比马好多了。

再然后，方圆上场了，韦芷秋上场了，郑振中和王振寰等人都上场了，连一向离群索居的李璐都上场了，这是宣传队被编入西路军之后，最热闹的一次。

高一凡对韦芷秋说，他发现了新大陆，他要好好研究这个新大陆，将来再同马家军打仗，他就拉手风琴，拉"马人圆舞曲"，让马家军的阵地成为一个大舞场，几百匹马汇成圆舞曲的漩涡……高一凡在讲这话的时候，两眼蒙眬，好像他已经看见了在蔚蓝的天空下面，在碧绿的草原上面，在枪林弹雨的缝隙里，有几百匹战马抬腿扭腚，翩翩起舞……

韦芷秋并没有把高一凡的话当回事，一笑了之。

从那以后，何连田发现，高一凡同他的关系好像进了一步。高一凡偶尔还会找何连田聊聊天，听他讲讲当红军以前的事情，给他讲讲演戏的事情。有一次还给何连田讲了莎士比亚，忘情地朗诵了一段"生存还是毁灭，这是个问题……"

何连田现在越来越喜欢高一凡了，可是这喜欢里面又有一种奇怪的东西，他隐隐觉得哪里不对劲，好像他做过对不起高一凡的事情。可是细细一想，又没有做过。后来就想到了方圆，他基本上认定了，高一凡和方圆就是天造地设的一对，方圆和高一凡的事情，跟任何人没有关系，跟他更没有关系。这样一想，心里反而长长地松了一口气。

宣传队研究的战术，得到集中检验，还是在土门坎战役那次，最受益的要数邹成卓。部队编成西路军的时候，第一仗是土门坎战役，邹成卓担任总攻突击团的团长，打了一个漂亮仗，缴获了很多物资。

战斗结束后，在开往永昌的途中，邹成卓带着一个排，挑着战利品到宣传队慰问，邹成卓对韦芷秋说，你们发明的这些战术，有的有用，有的没用，有时候有用，有时候没用，但是总体来说，对部队启发很大，有了战术意识，不像过去那样守株待兔死打硬拼了。

韦芷秋说，那是当然，宣传队从它成立那一天起，就不仅是演出节目，要不为什么古田会议对宣传队那么重视？

过了两天，部队开到永昌，总部一位首长亲自到宣传队看望大家，在会上说，宣传队不仅培养文艺人才，还培养军事干部和政工干部，宣传队就是教导队。只要打仗，就不能没有宣传队。

首长讲话的时候，何连田就在外面站岗，听到首长的话，顿时觉得腰杆子挺直了许多。他庆幸那次在草地水洼子里没有死掉，那时候他只剩下一口气了，如果他眼睛一闭，那口气不呼吸了，那么他现在早就变成鬼了。

永昌休整后期，纵队又给宣传队补充了几个人，并且宣布任命高一凡为宣传队的副队长。宣布命令的时候，高一凡没有吭气，散会后问韦芷秋，这个副队长是个多大的官？韦芷秋说，宣传队是营级建制，副队长相当于营副吧。

高一凡一听就叫了起来，在国军部队当团副我都嫌官小，你们居然让我当营副，不干！

韦芷秋耐心地说，我们红军不讲官阶，当什么其实就是分工，我当队长能搞优待吗，多吃两口糌粑就要被斗争。

高一凡说,哦,是啊。我不当行吗?

韦芷秋说,组织已经决定了,你怎么能不当呢,你是穿着红军军装啊!

高一凡似懂非懂地看着韦芷秋,想了想说,那好吧,这个营副我就先当着,不合适了你们再换人。

任命是腊月初三宣布的,没想到腊月初五就出事了。

这天早晨,何连田刚刚带队出操回到驻地,老远就看见一群人围在那里,方圆的叫声老远都能听到,走近了才发现高一凡被绑住了双手,正由两个红军战士押着往外走。韦芷秋和方圆等人拦在一名干部的前面,吵吵嚷嚷。

韦芷秋说,高教官一直和我们并肩战斗,为什么突然把他抓走?

那名干部不耐烦地说,你认识这个人多长时间?

韦芷秋说,在瑞金,我们就在一起工作了。

那名干部说,可是在瑞金之前呢?

韦芷秋说,他当过国民党军官,可是他起义了,我们很多干部都是从国民党军队起义过来的。

那名干部说,可是,起义的干部中,有些是经得起考验的，有些是经不起考验的，而这个人，高一凡，他是国民党特务。

方圆叉腰横在那名干部面前，大声质问，你说高教官是特务，你有什么证据？

那名干部说，我当然有证据，但是我不能告诉你，这是秘密。

方圆转脸看着高一凡问，你真的是国民党特务？

高一凡嬉皮笑脸地说，我要是说我不是，你相信吗？

方圆愣住了，后退一步，突然冲上前去，用拳头擂着高一凡的胸膛说，可是，我要你说，要你自己说，只要你说不是，我就相信你。

高一凡没有马上回答，只是望着方圆，好一阵才说，我不能说。

方圆气急败坏地说，为什么，为什么你不能说？我偏要你说。

高一凡说，我自己也不知道我是不是国民党特务。

高一凡这么一说，不仅方圆傻了，连韦芷秋都不知道该怎么说了。韦芷秋狐疑地看着高一凡说，你这话是什么意思？

高一凡说，我也不知道是什么意思。

说完，往上扬扬被绑住的双手说，对不起了各位，我高一凡，就此一别，后会有期。

何连田发现，自从高一凡被抓之后，方圆一天一天瘦下去，活泛的眼睛变得呆滞，他非常担心方圆走不出草地。但是，让他暗暗惊讶的是，直到进入甘肃地界，方圆还活着，并且比以往还要活泛，只要有机会，就跟大伙聊天，聊着聊着就聊到高一凡的头上，还拿小本本记录。郑振中告诉何连田，方圆在整理高一凡留下的讲稿和画稿，她准备一旦有机会，就去找方面军的最高首长，为高一凡鸣冤叫屈。

有一次王紫蓝在何连田面前讲高一凡和方圆的故事，何连田禁不住说了一句，这些读书人啊！王紫蓝问他，读书人怎么啦，何连田没有回答。他知道，他和读书人是不一样的，读书人的事情他是不明白的。

十几天后，部队到达邱川，郑振中向大家报告了一个消息，原来，高一凡被抓，当真事出有因。郑振中说，大家还记得玛水岭高一凡到敌军阵地弄粮食的事吧，大家想想，高一凡有没有奇怪的举动？

韦芷秋说，他大摇大摆到敌人阵地，本身就很奇怪。

郑振中说，再想想。

王振寰说，他到敌人阵地，没有被打死，也很奇怪。

郑振中说，再想想，他手里拿的是什么东西？

大家沉默了一会，王紫蓝突然叫了起来，文明棍，文明棍，高教官的文明棍一直带在身边，他还用文明棍给上帝发电报，要上帝送面包来。

郑振中说，对头，就是文明棍，文明棍不是什么发报机，但是文明棍绝对有名堂。高一凡被抓到总部之后，全交代了，原来在卓尔康，他的狗腿子姚独眼跟他讲，国军追剿部队三个团长都接到指令，但凡红军这支部队里有人高举文明棍，一律不许开枪，所以高一凡能够大摇大摆地去要粮食。高一凡饿极了，就挥动他的文明棍。

这下大家都明白了，原来高一凡虽然跟随红军行动，暗中还是受到国民党军保护的，难怪他没有饿死。可是话又说回来了，高一凡也没有啥不好，毕竟弄来的粮食大家都有份。

事后韦芷秋问方圆，她知道不知道这回事，方圆老老实实地回答，高一凡的文明棍，确实是他的护身符，但是他并没有出卖红军的情报，用文明棍发电报纯属扯淡。

没隔多久，又传回来一个消息，红军情报部门经过调查，高一凡在伴随红军宣传队过草地期间，没有做过任何情报工作，反而帮了红军很多忙，总部把他的身份定性为"革命的同情者和支持者，红军的朋友和战友"。但是，基于高一凡身份特殊，不宜继续留在宣传队，如果他本人愿意，可以留在总部工作。高一凡的态度是，如果不能留在红军宣传队，那他就不给红军添乱了。同这个消息一起来到宣传队的，还有高一凡的文明棍和一封给方圆的信，高一凡在信中说，走到哪里了？给我发个电报。

辑二　　将军远行

序：寻找之旅的明与暗

乍看起来，这个故事有点荒诞。八十年前，发生过多少荒诞的事情啊——经过艰苦卓绝的斗争，抗日战争以胜利而告终，然而老百姓并没有安居乐业，国共重新开战。问苍茫大地谁主沉浮，解放军秋风扫落叶，国民党兵败如山倒，一部分人跑了，一部分人继续举着青天白日旗帜狼奔豕突，还有一部分且战且退，行进在寻找的路上，等在前方的，是目的地还是墓地，是个未知数。

十几年来，有个名叫仵德厚的人物一直悬浮在我脑海中。此人是台儿庄战役中的敢死队长，曾经率领几十名队员突入敌阵，同日军殊死搏斗，九死一生。凭借赫赫战功，此人后来一路擢升，先后担任团长、旅长、师长，并获得过多枚勋章……遗憾的是，抗战胜利了，他和他的很多同僚一样迷失了方向，被拖到了战场上，最终被解放军俘虏，从爱国英雄沦为阶下囚，坐了十年牢。并且，因为当年记者笔误，报纸上把"仵德厚"写成了"许德厚"，他不仅失去了自由，还丢掉了名字。然后，他回到家乡种地、放羊、在村办工厂搬砖……回想当年，不要说他身边的人，恐怕就连他本人，也把他的敢死队长、少将师长的身份淡忘了——不敢想起，只好忘记，像一个普通劳动者那样生活，倒也心安理得。直到二十世纪九十年代，这个人就像一件破烂不堪的文物，被发掘出来，引起当地政府、媒体以及相关人士的注意。我在研究历史的时候，固然对他的英勇善战、不朽功勋肃然起敬，而站在作家的立场上，我更关注的是，在八十年前的十字路口，这个人的心里装着什么，关于前途和命运的选择，他是否清楚？答案是，他不清楚，或者说他清楚了却不愿意回头。对比那些顺应潮流的起义者，他是无数迷茫者中间最为典型的悲剧人物。

　　然而我依然敬重他，为他重新浮出水面、恢复名誉、得到党和政府的关怀而欣慰。毕竟，抗日的战场上有他抛洒的热血。常常是在夜深人静的时候，我在替他思考，为他着急，跟他一起徘徊，一起寻找一条光明的路。

在《将军远行》动笔之前的漫长岁月里，我一直眺望，眺望那个时代、那个地方、那些人物，我要看到那个空间和那个瞬间里面发生的一切。通过国民党军部警卫连长马直的视角，我最初看到的是，解放战争初期，一支国民党军队被解放军打散，在抗战中立下赫赫战功的副军长李秉章接受了一项莫名其妙的任务——寻找一支杳无音信的部队。可是，到哪里寻找呢？我和作品中的人物一道陷入迷茫，只好让他们钻进河湾，让他们在假想中的与世隔绝的幽暗的丛林里，让他们在微弱的月光下面，像蚯蚓一样穿行在潮湿的地面上，像幽灵一样游移在明与暗之间。如果说刚刚出发的时候，马直等人还抱有一线成功或生还的希望的话，那么，昼伏夜行十几天，在经历了两次国军散兵的洗劫和侮辱之后，马直等人的心理终于同李副军长接近了，明知不可为而为之，又不知道为什么。那个近在咫尺却遥不可及的"三十里铺"，不仅是目的地，也是墓地，不仅是李副军长的墓地，也可能是他们所有人的墓地。

　　试想，一个执拗地走向自己的墓地的人，会是什么样的心态？再试想，一群尚能呼吸的活人，跟着一个半死的人半夜走路，又是怎样的心态？我跟着他们一道前行，多次调整写作方向，比如，让他们离开河湾到解放区投诚，或者，干脆让解放军的尾随部队很快出现，甚至让那个对李副军长有救命之恩的女八路从天而降，从而挡住他们走向死亡的步伐……可是不行，尽管历史上不乏这样的真实，然而在这部作品里，我不能改变李秉章的方向，我要让他一直走下去，直到他以死明志，直到他"只跟日本鬼子打仗，不跟八路军打仗"的夙愿得以实现。至于通过什么方式实现，李副军长不知道，我也不知道，我手中的笔，只能跟着他走。

坦率地说，《将军远行》虽然弥漫着荒诞意味，但这不是刻意而为，一次荒诞的战斗，一个荒诞的任务，天然地营造了一个非常态的语境。那支小分队，从踏上寻找之旅开始，他们避开了大路、逃离了阳光、疏远了人间，迷茫、饥饿、阴暗、潮湿始终陪伴着他们，他们的神经一点一点地麻木，肉体一块一块地僵硬，他们既是活着的人，也是正在死去的人，他们既是动物也是植物。他们一息尚存的思维世界只有一个问题：什么时候死，在哪里死，穿什么衣服死，死后要不要在墓地上做个记号……他们的呼吸、对话、梦呓、步履，都是尸体的声音和行为逻辑，无不散发出黑色幽默的气味——这是一次死亡的预演，是在死亡之前最后的理性。

  战争是残酷的，而文学是温暖的。作品的结尾是开放式的，我没有让李秉章死去，而是让他失踪，从此他隐姓埋名，从此埋没在茫茫人海。后面关于他的传说，给我们留下了希望，我们希望他活着，尤其希望他像仵德厚那样一直活到九十七岁。这个希望不是空想，在二十世纪抗战结束之后，有很多"敢死队长"流落民间，并且用他们饱经沧桑的目光打量他们为之奋斗的土地上发生的巨大变化，在清贫而安宁的生活中露出会心的微笑。但愿他们在余生中能够看到这部新作《将军远行》，但愿他们对身边的人说，我还活着。

将军远行

一

恒丰战役打到第三阶段，仗就没法打了，南线两个旅被共军穿插分割，五千多人的部队转眼之间不成建制。活着的，把国军的帽子一扔，戴上共军的五角星帽，调转枪口就成"解放战士"了。

还有一些没死的，被共军团团围住，弹未尽粮已绝，大白天饿鬼哀号，下雨天孤魂游荡。有个战地记者到阵地上拍照片，专门拍尸体的手指，那些枯枝一样长着霉斑的手指，有的伸向天空，有的戳进泥土，有的插进胸前的肉里，造型五花八门。

副参谋长楚致远向军长廖峰报告，西线九团突围，一个团副带领七十多号人，头天渡过衢河武力进入二师防线，见什么抢什么，打死了二师警卫营副营长，还把医院的两头奶牛煮了。

廖峰脸色铁青，好半天才问，这伙人现在在哪里？

楚致远说，被二师师长韩博涛下令缴械，全都关在师部警卫营的马棚里。

廖峰眉头一皱，关在马棚里，马怎么办？

楚致远怔了一下，反应过来说，没有马了，全都吃到肚子里了……韩师长请示，要不要把这伙人送到军部。

廖峰牙疼似的哼了一声，送到军部？这伙土匪，送到军部干什么，来抢粮食啊。

楚致远说，我也认为不妥，韩师长怕是急疯了……仗打到这个地步，各级长官的脑子都不好用了。

廖峰阴沉沉地看着楚致远，脑子不好用了……你的脑子还好用吗？

楚致远惶恐地说，军座，我……我的脑子也不好用了。

廖峰仰起头来，看看天，看看远处，原地踱了几步，站定，目光在楚致远脸上停留了几秒钟，然后一字一顿地口述几道命令：一、所有一线部队，死守现有阵地，凡擅自出击者，追究指挥官责任。二、凡突围归来的零星部队，由接管部队长官酌情处置，无须向军部转送。九团归队人员，留下团副候审，其他人枪毙。三、请李秉章副军长亲自前出三十里铺地区，带上电台，军部警卫营以一个连的兵力护送，收拢一七九师。

口述完毕，廖峰看着远处说，搞点细粮，给老李带上。

楚致远目送军长，看见初秋夕阳下军长的背影，腰杆依然挺得很直，步子依然从容。楚致远有点伤感，眼窝一热，两行眼泪就顺着脸颊流了下来。他的脑子还算清醒，军长的三条命令，其他两条都是废话，要一线部队死守，一个个饿得骷髅似的，拿什么死守？军长的意思，不是不让出击，而是不让到共军阵地上抬饭，可那是一道命令能够阻挡的吗？至于归队人员的死活，管他的呢，九团回来的那伙强盗，韩博涛爱怎么处理就怎么处理。他唯一要做的，就是向李秉章副军长报告军座的指令，寻找一七九师，找得到找不到，那是李副军长的事。

二

警卫营二连连长马直这几天一直琢磨一件事情，跑的决心是不会动摇了，问题是怎么个跑法，跑到哪里去，是向共军投诚还是回家种地，是带枪投诚还是带人投诚……这天半夜，马直把排长张东山和班长朱三召集到一起，挖出埋在地下的一坛小米，倒出一半，关上门熬了一锅稀饭，刚刚盛到碗里，还没有吃到嘴，营长蔡德罕一脚把门踹开了。蔡德罕看着那锅小米稀饭，眼睛瞪得鸡蛋大，骂了一声，吃独食，屙驴屎。说完，不由分说扑到桌子边，端起一碗稀饭，一边吹气，一边转动着喝，转眼之间就把一碗稀饭喝完了，还舔了舔碗底。

马直站在一边说，营座，这一碗是我的……你要是觉得不够，那就……

蔡德罕说，深更半夜的，你们聚在这里干什么，是不是想跑啊，要真跑，也得跟我打个招呼啊，没准我跟你们一起跑呢，我胳膊腿还行，不会拖累你们。

马直惶惶地说，明人不做暗事，我们确实……

蔡德罕摆摆手，打断马直的话头说，马连长，我知道你对党国是效忠的，所以把这个美差交给你。

马直愣住了，看着蔡德罕。蔡德罕说，军长让李秉章副军长到三十里铺寻找一七九师，要我们派出一个连护卫，你马上到军需处领粮食。

马直怔怔地看着蔡德罕，"啵"地一下嚷了起来，领粮食？我的天啦。

蔡德罕神秘一笑，马直老弟，老哥我待你不薄，你知道该怎么做。

马直明白了，心中一喜，双脚一碰，立正道，营座，我明白，领到粮食，我一定给你送一点。

蔡德罕说，哦，不说了，不说了，你看着办。

这样就说定了。马直喝完稀饭，让张东山和朱三跟着，到军需处领粮食。所谓的军需处，就是一个帐篷。军需处给他发的粮食，是十块豆饼，就是榨油之后余下的豆渣，这东西过去是用来喂牲口的。

马直对军需官说，我们吃这个也就算了，可是李副军长也吃这个？军需官说，李副军长的给养，由他的勤务兵保管，你们就不要操心了。马直说，那也不能只给这一点点啊，谁知道什么时候能找到一七九师？军需官说，对啊，不知道什么时候能找到一七九师，我给你多少算够？

马直说不过军需官，自认倒霉，把豆饼分了两块给蔡德罕派来的兵，这才带着一肚皮牢骚往回赶。

走在路上，朱三说，连小米都吃不上，还回去干啥，不如直接到共军阵地上，今夜就能吃顿饱饭。共军天天都在喊，啥时候过去啥时候吃萝卜炖肉。

马直咽了一下口水说，总得拖几条枪吧，带着豆饼去投诚，太寒酸了。

张东山说，咱们不是要护卫李副军长吗，到时候，咱们把李副军长带上一起投诚，那可是一份大礼，没准人人都能官升一级。

马直说，啊，把李副军长带上……你脑子被炸坏了吧，这个念头你想都不要想，想想都会挨枪子的。

张东山被吓住了，扭头四处看了看，对马直说，我也就是随口一说，你干吗说得那么吓人？

马直说，别胡思乱想了，更不要胡说八道，都回去做准备，每人发一斤豆饼，天亮前赶到军部。

三

警卫营的官兵都知道，李秉章副军长是抗战名将，在当年的沧浪关战役第二阶段，他是东线的敢死团长，连续几次率部穿插鬼子的防线，身上有十几处伤疤。

关于李副军长的传说很多，沧浪关战役开打的时候，马直和他的兵还没有入伍。离他们最近的一次是太行山黄虎岭战斗，当时日本天皇已经宣布投降了，但是湛德州鬼子的一个联队声称没有接到命令，拒不投降。李副军长带领楚副参谋长在敌人据点外围开设前进指挥所，指挥一七九师和军部炮团以及警卫营对敌进行包抄。战斗打到白热化程度，李副军长亲率一个团从敌后攀岩穿插，同火速赶来的八路军一个团协同作战，将鬼子的援兵包围在不到三公里的桃花峡谷，经过一天一夜战斗，全歼黄虎岭日军一个联队和前来增援的日伪军近八千人。

那个时候，部队的士气多么高啊，可是，鬼子投降了，如今是和共军作战，部队已经不像部队了。

第二天麻麻亮，马直就起床了，告诉执勤排长张东山，通知大家收拾行李，人走家搬。张东山鼓起眼珠子问，真不打算回来了啊？马直说，回啥，哪里不都是家，走到哪里算哪里。

到外面转了一圈，就回到连部打背包。人走家搬听起来很吓人，下层官兵的家，实际上就是一个背包，背包在哪里，家就在哪里，就像马直在哪里，警卫二连的连部就在哪里一样。

比起蔡德罕和张东山那些人，马直要讲究得多，只要有条件,他就要洗被子,这是给楚副参谋长当勤务兵的时候养成的习惯。五灵大捷之后,部队在乔城休整,给他发了一条土黄色的新被子,原先的那条也没舍得扔,因为新被子发下来之前,有一个夜晚,一个女人跳到他的被窝里睡了一觉,那床土灰色被子里有那个女人的气味。

问题在于,他不能把两床被子都带走。营长跟他说得明明白白,要轻装。他把旧被子找出来,放到床上展开,情不自禁地扑到上面,使劲地吸了几口气,再把黄色的新被子翻到上面,将被罩剥下来,套在旧被子外面。新被子固然好,但是颜色浅,用了一年多,不知道有多少次,在梦里,马直以他二十二岁的蓬勃雄壮的生命之笔,在被子上描绘了层层叠叠的山水画,因为吃不饱,有些日子没洗了,看起来花里胡哨的。如今,顾不上那么多了,大家都一样,谁也不会笑话谁。当兵的被子,有山水画是正常的,没有山水画,那才会让人笑话。

不到十分钟,马直就把"家"收拾利索了——最近两个月积攒的饷钱,一双布鞋,一支自来水笔,一块从日军尸体上搜来的怀表,一套换洗的军装、衬衫和两条短裤,牙刷牙粉……还有大约两斤小米,也装在袜子里,统统打进背包。当然，还有那个女人的气息。

早晨喝了一碗豆渣汤，马直就把"家"驮在背上，带领他的连队去向李副军长的副官曹强报到。曹强见马直身后只有三十多号人，皱起眉头问马直，怎么就这么点人？

马直立正回答，报告长官，阵亡了一些，跑了一些，能来的都来了。

曹强说，你这个破队伍，靠什么保护李副军长？

马直说，人少好啊，人少不费粮食……

曹强阴森森地看着马直说，楚副参谋长跟我讲，警卫营二连最有战斗力，连长马直脑子好使，没想到就这三十几个叫花子，怎么保护长官啊？

马直这才明白，蔡德罕跟他说的"美差"，原来是他的老长官楚致远亲自点的将，还是老长官好啊，关键时刻信任他马直。这么一想，心里就升起一股豪气，挺起胸脯说，曹副官你不要看不起我们这些叫花子，上半年黄虎岭战役，鬼子偷袭前进指挥所，就是我们二连，跟鬼子展开肉搏，我冲入鬼子堆里把身负重伤的楚副参谋长抢出来，背了七里地……我们二连，就是那次阵亡了三十多个人，到如今还没有补充，我们二连……

曹强打断马直的话头说，别你们二连了，就那几个人瘦毛长的兵，集合。

正说着话，李副军长从帐篷里走出来，看看马直和他身后的兵，看看帐篷外面的两匹瘦马，再看看正在喘气的嘎斯吉普车，对曹强说，车子就不用了，让他们回去。

曹强说，长官，让车子跟着，万一……再说……

李副军长没理曹强，走到两个电台兵面前，打量了一眼说，把帽子摘下来。

电台兵把帽子摘下来之后，马直才发现，原来是两个女兵，一个中尉一个少尉。再仔细打量，那个中尉他认识，副参谋长楚致远的侄女楚晨，就是在乔城跳进他被窝里睡了一觉的那个女人。一个月前马直还在军部机要处门口见过她，穿着笔挺的军服，皮鞋擦得锃亮，腰杆子挺得笔直，他不敢正视她，她却若无其事地喊了他一声，马连长，我看看你的手指。他赶紧逃开了。一年前他在楚副参谋长家里执行勤务，第一次见到楚晨，她就说过，这个军官的手指很干净。这以后，他又有几次见到她，每次擦肩而过之后，他就会躲在隐蔽处，从后面看她，看她笔直的裤线和齐步行进的屁股，感觉那就像一棵亭亭玉立的小树在移动，每一片树叶发出的声音都让他心驰神往。

可是眼前的楚晨，肥大的粗布军装罩在身上，就像一只鹅被罩在鹅笼子里。不仅头发剪短了，脸色也是黄中透灰，难怪近在咫尺，马直居然没有一眼认出她来。

这些胡思乱想从马直的脑海里一闪而过，不过两秒钟的工夫，两秒钟后他听见李副军长的声音，谁让你们来的？

楚晨立正回答，报告长官，是楚副参谋长派我们来服务长官。

李副军长说，知道我们要去干什么吗？

楚晨说，寻找一七九师。

李副军长点点头说，哦，知道，很好，可是，这个任务，你们参加不合适……曹副官，马上把她们送回去，换两个男的来。

曹强踌躇了一下，正要回答，楚晨大声嚷嚷起来，长官，我们是国民革命军，男女是平等的，长官，你不能歧视妇女……

李副军长头也不回地说，回去，跟廖军长走，好好活着。

楚晨还想争辩，嘴巴张了几下，突然降低了声音，嘀咕道，好好活着……好好……活……着？

曹强对楚晨命令道，你们两个，赶快回去，向楚副参谋长报告，请他派两个男报务员，在姚家疃向我报到。

楚晨看着曹强，又看看李副军长，嘴里还在嘀咕，好好活着，这是什么意思？

李副军长没有理睬楚晨，走到马直身边，摸摸他的后背，掂掂他的背包，然后指着背包旁边的干粮袋问，这是什么？

马直大声回答，报告长官，是豆饼，我们的粮食。

李副军长说，哦，豆饼，很好。

马直正想说什么，李副军长已经转身了，走到一个看起来瘦小的士兵面前，问他，多大了？

小兵立正回答，报告长官，十七了。

李副军长又问，叫什么名字？

小兵回答，姚山竹。大山的山，竹棍的竹。

李副军长点点头说，哦，姚山竹，好名字，咬定青山不放松。

马直说,这是我们连队最小的兵。

李副军长问,怎么来的?

姚山竹说,抓来的,抽丁。

李副军长把手拍在姚山竹的肩膀上,侧脸对曹强说,走吧。

曹强赶紧上前,指着前方的一个村庄说,姚家疃,目前还有我军的一个营,我们从那里进入孙岗,再往前二十里,就是一七九师六天前的防地。

李副军长看着晨光里的村庄,点点头说,好,很好。

曹强向马直一点头,马直挥挥手,临时编组的两个班快速运动,在前面开路。马直带领一个班殿后。

李副军长没有骑马,跟大家一起走,他不说话,别人也不敢说话。马直数了数,队伍一共有四十号人,除了他的连队,还有李副军长的副官曹强,两个卫兵,两个马弁,还有两个电台兵。乍看起来,也是浩浩荡荡。

四

从驻地出发,走的是大路。

马直很想知道,在这个时候,在这个地方,军长让李副军长带队寻找一七九师，李副军长本人怎么想。马直揣测，李副军长肯定知道这件事情不靠谱，肯定知道这是一桩吃力不讨好的事情。一七九师现在哪里，没有人知道，就算一七九师还在，那也一定是在共军的重重包围之中。让一个副军长带领这么一支小小的队伍去寻找，简直就是肉包子打狗。

疑问太多了，没有一个明确的答案，马直决定不再胡思乱想了。最大的遗憾是楚晨没有同行，最大的庆幸也是楚晨没有同行。这一路上，楚晨本人虽然不在队伍里，但是楚晨笔挺的军服和楚晨的屁股却一直在队伍里，一直在马直的前方轻快地跳动，让马直的脚下平添一股力气，他感觉他不是奔向那个莫名其妙的三十里铺，而是正在奔向乔城。

哦，乔城，黄虎岭战役结束后部队休整的地方，一个盛产煤炭的古城，就是在那里，楚副参谋长在临时下榻的四合院里，拍拍他的肩膀说，好小子，单刀赴会，深入敌阵，简直就是赵子龙，我要是有闺女，就嫁给你。

他当然知道，这是楚副参谋长的客套话，楚副参谋长没有闺女，但是楚副参谋长有侄女，侄女也行啊，可是，楚副参谋长为什么偏偏不提这个茬呢？当然，楚副参谋长压根儿不知道他的侄女曾经跳到他的被窝里睡过一觉，甚至可能，就连楚晨本人也把这件事情忘记了。

但是马直不会忘记，楚晨永远在他的背包里。

快到姚家疃了，曹强找了个地方，请李副军长坐下来歇脚。马直让张东山带领一个班进村侦察，同驻守在那里的一个营联系。不一会儿张东山回来了，说村里压根儿就没有国军的部队，连老百姓都很少见到，只有一个老人，还是个哑巴。

马直心下明白，国军的那个营，要么跑了，要么投共军了。显然，到了这个村庄，就在共军的控制范围了，下面的路该怎么走，谁的心里都没有数。

曹强把情况报告给李副军长，请示怎么办。

李副军长说，很好，人没有了，路还在，接着往前走。

曹强有点犹豫，向李副军长建议，启用电台，搜索信号。

李副军长说，听你的，你负责。

不多一会，就传来嘀嘀嗒嗒的电波声。马直远远看着电台兵忙乎，眼前又出现了楚晨的身影。如果楚晨在这里，他还会铆足精气神，像黄虎岭那样身先士卒。问题是，楚晨没在这里，他就是死了，也没有人看见，他就像国共开战以来那些阵亡的将士一样死得不明不白，他的手指——曾经被楚晨夸奖过的干干净净的手指，也会出现在那个战地记者的镜头里，像枯枝一样长着霉斑。眼下，他不想死，他仍然牢记李副军长给楚晨说的那句话，好好活着。至于活着干什么，他并不清楚，反正活着总比死去好。

电台兵忙乎一阵，满头大汗，最后哭丧着脸向曹强报告，没有发现本部队任何信号。

曹强皱着眉头问，没有发现任何信号是什么意思，军部的信号呢？

电台兵说，啥也没有，军部也静默了。

曹强的脸刷地一下变了，跑去跟李副军长报告，军部电台静默了，会不会转移了啊？要是军部转移了，不告诉我们接头地点，就算我们找到一七九师了，也联系不上啊……这不是把我们扔了吗？

李副军长笑笑说，别想那么多，各尽其责吧。

再往前走，就没有那么顺当了，要防止共军伏击，还要防止国军的散兵抢粮食。曹强从马褡子里找出一套粗布军服和一双布鞋，建议李副军长把呢料军服和靴子换下来，李副军长笑笑说，不用了，我不能死得不明不白。

李副军长这句话说得很平静，可是马直听起来，却像一声惊雷，原来李副军长什么都明白，他是对准一死的。

眼看就到姚家疃村口了，李副军长站住了，回头看了看马直说，马连长，让你的弟兄们都围过来，我来说两句。

集合队伍的当口，李副军长坐在路边一块石头上，摘下手套擦皮靴，然后扔掉手套，站在队伍中央，举起一只手臂说，弟兄们……

李副军长的声音洪亮，中气很足，好像他面对的不仅仅是四十多人的队伍，而是千军万马，而是万水千山。李副军长说，弟兄们，大势所趋，有目共睹。作为一个将军，我以服从命令为天职，但是你们……放下枪你们就是农民，没有必要跟我一起送死。我的话大家听明白了吗？

在马直的印象中，李副军长难得一次说这么多话。李副军长讲完，队伍里没啥反应。曹强看看马直，又看

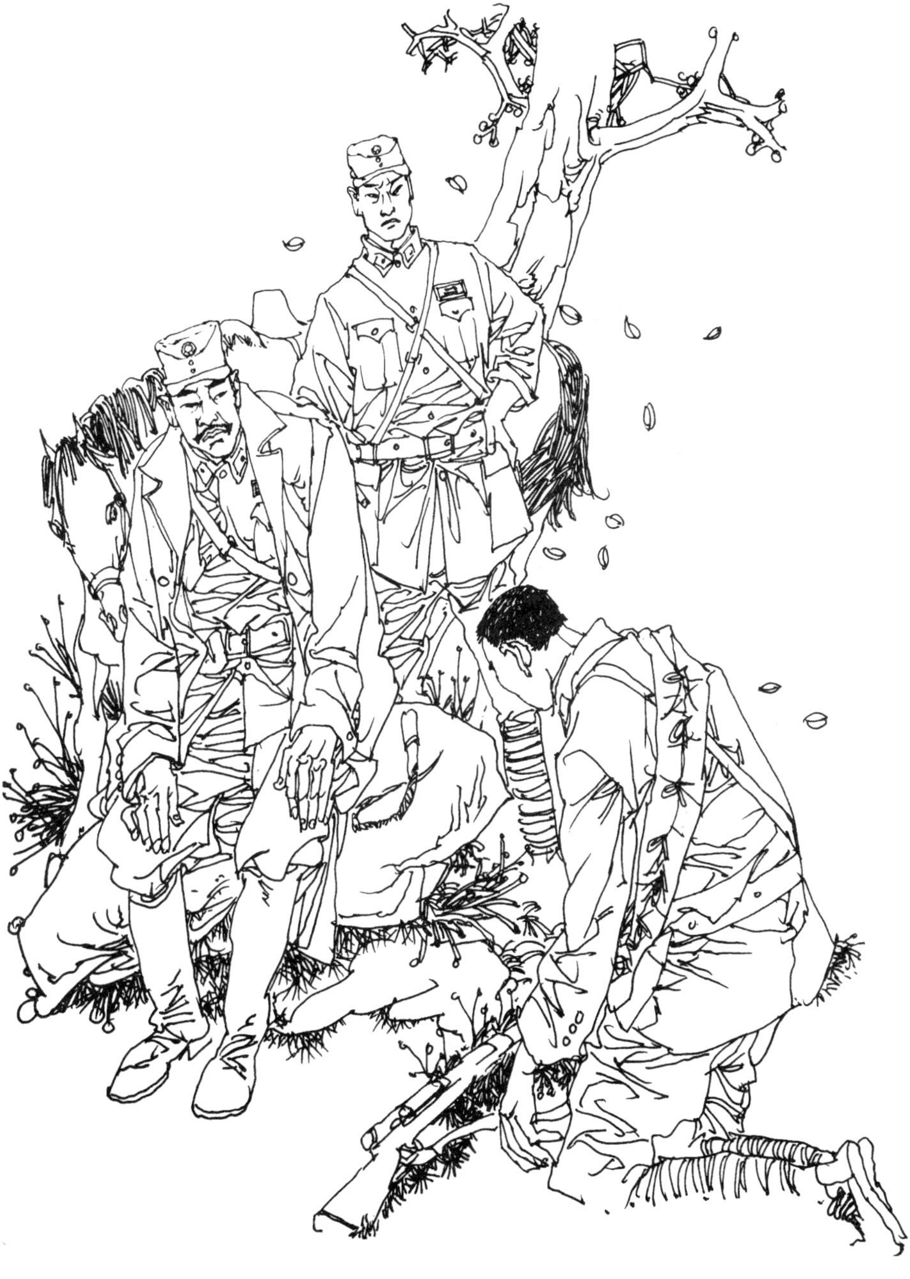

看李副军长，突然激动地喊道，我们绝不离开李副军长，誓死保护李副军长！

马直明白过来，也举起手臂喊，长官，我们不会离开你的，你在哪里，我们就在哪里。

李副军长向马直摆摆手说，你不相信我的话吗？你怕你们离开后我就命令开枪吗？不会了，我再也不会向自己的弟兄开枪了。愿意走的，走吧，放心地走吧，往哪里走都行。

马直说，不，我们不走……

李副军长又向马直笑笑，打断他说，好，你不走，那你就跟着我，可是你不能阻拦弟兄们。

马直的脑袋垂下来，又仰起，看着他的队伍说，你们说说，有愿意走的吗？

队伍安静得就像一片树林，似乎有一阵风吹来，传来索索的落叶声，风声越来越大，树干开始摇晃。终于，一个哭声传来，长官，谢谢长官恩典，俺上有老下有小，还有一个残疾媳妇，俺，俺……走了。

马直看清了，是他手下的班长朱三。朱三泣不成声，突然跪在地上，给李副军长磕了两个头，起身将枪放在地上，转身走了，起先的几步很慢，一步一回头，像是告别，又像是防备身后的子弹。

曹强说，长官，不能开这个头，这个头一开，咱们身边就没有人了。

曹强说着，掏出手枪，"咔嚓"一声子弹上膛，瞄准朱三的背影，正要扣动扳机，李副军长喝了一声，住手！

曹强手中的枪垂了下来。

李副军长微笑地看着大家说，还有没有想离开的？

没有回答。马直说，报告长官，没有了。

李副军长说，那好，不着急，任何时候，随时随地。走吧。

五

姚家疃不大不小，五十多户人家，不见那一个营国军的踪影，也很少见到老百姓。

恒丰战役持续了一个多月，这一带别说粮食，就是地里的青苗都被啃光了。老百姓全都跑出了包围圈，到共军阵地帮助挖工事，不仅有饭吃，还不用担心被抢。

想想真是寒心，前些年抗战，国共之间虽然也有摩擦，但还是一致对外。抗战胜利了，本来可以重建家园，怎么又反目成仇了呢？共军的传单说，煮豆燃豆萁，豆在釜中泣，本是同根生，相煎何太急。这道理，连傻子都明白，难道蒋委员长不明白？下层官兵也听说，国共谈判了，可是这边谈判，那边蒋委员长调兵遣将。好，这下好了，不到两年，共军越战越勇，从东北西北打到淮海平津，又挥师南下，渡江之后，来个千里追击，秋风扫落叶一般。

马直记得，就在三个月前，廖峰部队还有三个师和两个旅的建制，自从江防崩溃之后，一路狼奔豕突，跑过安徽，跑过湖北，跑到湖南境内，上峰一道命令下来，不跑了，就地阻击共军。廖峰部队在恒阳、丰水一带展开，立足未稳，就被共军一个师咬上了，三天过后，追上来九个师，七万多人，把国军围得水泄不通。

或许李副军长早就看清了下场，所以在同共军作战的时候，他基本上是一个看客，再也没有抗战时期那股血性了，再也不见血战沧浪关的风采了。在整个恒丰战役过程中，都是廖峰军长指点江山。指挥所里有一张躺椅，更多的时候，李副军长在那上面睡觉。

跟在李副军长的身后，马直有很多想法，他想到了李副军长的过去，也想到了李副军长的将来。有一阵子，他似乎产生了幻觉，走在他前面的那个中等身材的将军，他还是个活人吗？也许他已经死了，正在路上行走的只是他的尸体，或者是附在他尸体上的另一个人的灵魂。啊，他是跟在尸体的后面，在尸体的引领下往前走。

这个幻觉让马直毛骨悚然，倏然惊醒，睁开眼睛，看着前方，前方还是那个穿着呢料军服、佩戴少将军衔的活人——暂时还不是尸体。

跑，还是不跑？在进入姚家疃之后，这个一直悬浮在脑海的问题又出现了，并且越来越强烈。有那么一会工夫，他盯着李副军长的背影，掂量这个人的体重，盘算他的价码——如果把他挟持到共军队伍，该值多少黄金？他被自己的念头吓了一跳，举目望去，队伍已经在一户人家的院子里了，曹强招呼几个士兵，正在生火造饭。

马直的队伍不用造饭，把豆饼掰开，从草渣里挑出豆渣，就着凉水就是一顿饭。生火是为了给李副军长和曹强造饭，曹强从马弁那里要来口袋，一粒一粒往外倒大米，倒了有一斤多，又把口袋扎上。

李副军长在一边看见，吩咐曹强，把口袋里的大米倒出来一半，加上豆渣，熬一锅稀饭，大家一起吃。

曹强有点不情愿，但是不好违拗李副军长，只好又倒了一点米出来。

稀饭熬好之后，李副军长说，一人一碗。你们挑剩下的，是我的。

李副军长这么一说，曹强就很为难，分稀饭的时候反复斟酌，稀稠，多少，一点不敢马虎。

然后就端碗。马直先端，挑了一碗黑多白少的。马直开了这个头，手下的兵就自觉效仿，姚山竹挑了一个豁口碗。挑到最后，剩下的那碗，白多黑少——大米多豆渣少。曹强把它端到李副军长面前，李副军长哈哈一笑说，啊哈，本军要是早一点形成这个风气，何至于被共军打得落花流水。

李副军长说着，端起碗，走到姚山竹的面前，把姚山竹的豁口碗换到自己的手里，拍拍姚山竹的脑袋说，你还小，路还长，多喝汤，少想娘。

姚山竹怔怔地看着李副军长，眼窝一热，眼泪哗哗地掉进碗里。

这一幕马直看在眼里，突然掐了一下自己的大腿，自己跟自己说，这么好的长官，你还想拿他换黄金，你还是人吗?

六

离开姚家疃之后,并没有走多少路,因为不知道往哪里走。天快黑了,看见半山有一座庙,曹强决定不走了,到庙里睡一觉再说。

庙是破庙,好在后院有口井,还有两间可以住人的房子。曹强把李副军长安排到东侧最好的那间房子,布置好警戒,大家又嚼了两把豆渣,就宿营了。

马直不敢入睡,带着张东山房前屋后巡逻,察看通向半山的路线。张东山跟在马直屁股后面,气喘吁吁地说,你说李副军长这么大个官,怎么就没有个主见呢?

马直吃了一惊,怎么啦?

张东山说,共军的传单说得清清楚楚,凡是抗战有功的,一律宽大处理,特别是李副军长,共军聘他为高参,他干吗这么死心塌地当国民党?

马直喝道,不许你这么说李副军长。李副军长是有气节的人,他不会投共的。

张东山说,你怎么知道李副军长不会投共?我跟你讲，李副军长同共产党有交情。

马直说，交情，谁跟共产党没有交情，前些年大家一起打鬼子，五灵战斗中，八路军的连长还送给我一支自来水笔呢。

张东山说，我想起来了，那时候你是排长，我也是排长，就因为那个八路军的连长送了你一支自来水笔，后来你有了文化，当了连长。

马直说，扯淡，我当连长是因为我打仗比你卖命。

张东山说，狗屁，你当连长是因为你是楚副参谋长的勤务兵……好好干吧连座，如果这次行动之后你还活着，没准能娶上楚晨。知道吗，楚晨的爹在军委会，比楚副参谋长的官还大。

马直心里一热，又一凉，拉下脸说，别说没用的。哎，你说，李副军长身边连个女人也没有，奇怪啊，黄虎岭战斗之后，好多大官的夫人都来了，可是李副军长还是寡汉一条。

张东山说，女人嘛，李副军长的心里应该有人……啊，我想起来了，我明白了，你知道为什么廖军长要让李副军长送死吗？

马直吃了一惊，瞪大眼睛问，你这是什么话？

张东山咽了一口唾沫，想了想说，啊，你记得吗，五灵战斗中，李副军长中了一弹，弹头卡在左胸肋骨上，离心脏很近，咱们的医生不敢做手术，听说太行山八路军有个外国大夫，就送到八路军的医院里。送到的时候，那个外国医生已经死了，是一个八路军的女大夫给李副军长做的手术，可是……

说到这里，张东山停住了。

马直说，这个我知道啊，那个女大夫是外国医生的学生。

张东山没接茬，做了个手势，然后低下嗓门说，你听，好像有动静。

马直心里一紧，不说话了，侧耳细听，听了一会说，没什么动静啊，就是树叶的响声。你别疑神疑鬼。

张东山说，啊，这几天我总觉得我们身后，还有身边，有一支队伍在跟着，不远不近地跟着。是不是共军在尾随我们啊？

马直哼了一声，你觉得有人尾随，我也觉得，可是，他在暗处，我在明处，他装糊涂，我也装糊涂。

张东山说，啊，你知道有人尾随？

马直说，我不知道有人尾随，也不知道没有人尾随，反正，我的任务是护送李副军长去三十里铺，别人不开枪，我也不开枪。

张东山说，狗屁，李副军长死脑筋，我们不能当冤死鬼，他这样做是不道德的。

马直说，你让李副军长怎么做？

张东山说，明明知道这件事情不靠谱，他还一意孤行，拉着我们，几十条生命啊。就算他不打算投共，也应该把话挑明，直接把队伍解散，大家各奔前程。

马直说，你让李副军长命令大家投共？亏你想得出来。

张东山说，他说过啊，任何时候，随时随地，这就是暗示啊。可他不明说，大家还是不敢。

马直眨着眼睛，他也觉得张东山的话有点在理，把握不足地说，也许……李副军长有他的打算，也许还不到时候。

张东山说，那要到什么时候呢？姚家疃的部队不见踪影，一七九师杳无音信，这块地盘，早就在共军视野之内，没准他们已经发现我们了，布下了天罗地网。

马直想说……马直想了想，什么也没说，突然耳朵竖了起来，对张东山说，听，好像真有动静。

张东山屏住呼吸，把耳朵贴在地皮上听了一会，有跑步的声音……张东山惊呼，不好，有人上山了。

马直说，赶紧占领制高点，保护李副军长……跟弟兄们说，不要乱打啊，搞清楚是谁。

两个人向破庙飞奔而去，果然就听到山下有杂乱的奔跑声。

马直从山坡东边跑到西边，把曹强推醒，告诉他有情况，曹强一骨碌跳起来问，是哪家的队伍？

马直说，哪家的队伍都是危险，赶紧请李副军长离开破屋，转移到树林里。

话音刚落，就听一声枪响，接着枪声大作，是张东山组织的外围警戒同来路不明的队伍交上火了。

马直大喊，你们是哪部分的？

回答他的是迎面而来的枪弹。马直连忙卧倒，向庙舍匍匐前进。快到门前，只见火光一闪，庙舍一侧起火了，接着就听有人大喊，找粮食，弄到粮食就走。

房子外面，已经烈焰腾空，火焰像飞舞的银蛇，吞噬着李副军长宿营的厢房。

马直往地上一趴，抱着枪滚到庙舍门前，一脚将门踹开，高喊一声，长官，有情况，快转移！

讲完这句话,马直愣住了。李副军长刚刚穿上军装,扣风纪扣的手上下摸索,他的勤务兵正蹲在地上擦皮靴。

马直大声嚷嚷,长官,火烧眉毛了,还擦什么皮靴啊,赶紧走。

说完,冲上去将李副军长架起来。不料李副军长伸出胳膊,胳膊肘一拐,将他推了个趔趄。李副军长说,什么情况?镇定!

马直说,房子起火了,长官先转移到林子里,我来搞清楚是哪一部分的。

这时候听到山下有人大喊,一营封住左翼,二营正面突击,弄到粮食就撤。

李副军长点点头说,很好,是自己的部队,我去见他们。

马直急得跳脚,嚷嚷起来,长官,黑灯瞎火的,子弹不长眼睛啊,再说,哪里还有什么自己的部队,全都是土匪啊。

李副军长甩开马直,弯腰穿上皮靴,又摸摸风纪扣,昂首挺胸走出门,站在走廊大声问,哪部分的?

没有人回答,枪声在继续。

马直一个箭步挡在李副军长的前面大吼,哪部分的?

李副军长……李秉章副军长在此，请不要打枪。

枪声这才稀疏下来。李副军长朝马直挥挥手，又一步一步往前走。马直绕到李副军长前面，一直走出断墙外面，下了山路，山坡上才钻出一个人来，仰头看着上面。

李副军长说，我是李秉章，让你们的长官出来说话。

山下那人说，真是李副军长吗？

李副军长说，提上马灯，靠过来。

那人身后又出现一个人，一道手电筒光射过来，突然传来一阵惊呼，真的是李副军长。长官……您怎么到这里来了？

李副军长说，你是谁？

那人说，我是六团参谋长康恒啊，长官……康恒喊了这一声，又对身后大声命令道，停止射击，赶快扑火，保护长官！

果然是自己的部队，而且还有明白事理的指挥官，曹强和马直这才放下心来。

康恒的队伍号称两个营，其实只有三十多人，子弹倒是不少，粮食一粒没有。马直观察了一下，这些人蓬头垢面，就像饿狼，一个个盯着警卫连的干粮袋。

回到庙舍，康恒一把眼泪一把鼻涕向李副军长报告部队打散后十多天的经历，不停地嘟囔，这下好了，见到长官就像见到了娘。

李副军长说，我奉命寻找一七九师，使命还没有完成，你们愿意同行吗？

康恒愣了一下，眼珠子一转说，李副军长指到哪里，我们打到哪里，我们同长官生死与共。

李副军长点点头说，好，很好，不过，不勉强。

康恒挺起胸膛说，长官放心，弟兄们都是九死一生，英勇善战，有长官这样的抗战名将指挥，我们一定能够重见天日。

李副军长说，好，很好。

七

消停下来之后，李副军长让曹强把大米倒出来一部分，加上豆渣，熬了一锅稀饭，让康恒的队伍填填肚子。曹强让康恒安排外围警戒，康恒说，我的队伍又饿又累，担任外围警戒，恐怕疏漏，我们还是在内圈保卫长官吧。

曹强向李副军长报告说，康恒这支部队靠不住，他要求担任内卫，会不会图谋不轨啊？

李副军长点点头说，很好，就让他们担任内卫吧。

曹强没辙，只好按李副军长说的办。

安排好了警戒，曹强给马直递了一个眼色，两人一前一后走到一个角落吸烟。曹强说，我看康恒靠不住，贼眉鼠眼的，他主动提出来担任内卫，会不会出事啊？

马直说，我也觉得蹊跷，他的兵老是盯着我们的干粮袋……这样，我让张东山带一个班归你指挥，寸步不离守在长官的门口，我亲自巡查外围警戒，一旦发现异常，首先干掉康恒。

前两个小时，马直一刻也没有放松，一遍一遍地巡查各个警戒点，还不时回到庙舍，察看李副军长门前的警卫和门后的潜伏哨，向张东山询问康恒的动向。张东山说，睡着了，都在院子里抱团睡觉，睡得像猪一样。

马直总算踏实下来，靠在三号潜伏哨位边上的一棵树上，眯瞪了一会，还做了个小梦，梦见在共军的阵地上，楚晨端着一碗萝卜炖肉，笑盈盈地送到他面前。他还没有吃到嘴，就听一声呼喊，他妈的，康恒跑了，还把李副军长的口粮偷走了。

睁开眼睛，见是曹强。马直一个激灵站了起来，揉揉眼睛问，啊，康恒跑了？不会吧，一点动静也没有啊，也没有火拼……

曹强没有说话，目光有些呆滞。看看曹强血红的眼睛，马直明白了，这是真的。他不明白的是，康恒和他的三十多人的队伍，何以在明岗暗哨的眼皮底下，不仅不翼而飞，还偷走了粮食。

两个人气急败坏地回到庙舍，听听里面的动静，李副军长的声音传出来，是曹副官和马连长吧，进来。

进门之后才发现，李副军长并没有睡觉，手里举着一支烟斗。李副军长举着空烟斗，让曹强和马直靠近，把手上的一块破布交给曹强，让曹强念给马直听——

长官，请原谅我等不辞而别，头夜见到您，我等欢欣鼓舞，以为从此见到了娘，没想到您还要到三十里铺寻找一七九师……长官，恕我直言，如果能够找到一七九师，那就是见到鬼了，一七九师在恒丰战役开始第九天，就变成鬼了，人间没有它，天上没有它，您……您居然还要带领我们去找一七九师，我们商量了，不跟您去送死。长官，冒犯了，没办法，咱们各走各的吧。

信是写在一块红布上的，马直想起来了，庙里有个泥菩萨，菩萨的身上就挂着这块半新不旧的红布，应该是山下的善男信女进贡的……马直一拍脑门说，我知道他们是从哪里离开的，现在追还来得及。

李副军长笑笑说，不必追了，人各有志，随他去吧。

曹强问马直，你怎么知道，他们是从哪里离开的？

马直说，正殿观音座下，很可能是空的，山洞通向下山的路。

曹强说，啊，你怎么早不说？

马直说，我刚想起来，我们老家的庙，也常常当作避匪的藏身之地，不信你跟我去看。

果然，搬开观音泥塑，下面是个洞口，钻进去曲里拐弯走了一百多步，看见一道亮光，推开上面的石头，几步就到了下山的路。

曹强说，原来是这样，这股土匪，熟门熟路啊，也不知道他们什么时候集合的，东西也不知道什么时候偷走的。

回去清点物资，仅有的两袋大米不见了，好在黄豆饼还在。马直让张东山把队伍集合起来，张东山哭丧着脸说，包括李副军长和曹副官在内，只剩下十二个人了。

马直一惊，人呢？

张东山说，跑了，还带走两块豆饼。

马直问，是跟康恒跑了，还是自己跑了？

张东山说，这个不知道，反正是跑了。

马直想了想问，姚山竹跑了没有？

张东山说，这孩子倒是实诚，没有跑。

马直说，那就好，只要有一个人，我们就不能离开李副军长。

张东山说，这话是废话，连座我跟你讲，照这样下去，还会有人跑，咱们得早做打算，不能跟着李副军长一条道走到黑。

马直瞪着眼睛问，你什么意思？

张东山说，秃子头上爬虱子，明摆着的。李副军长的口粮已经没有了，连豆饼也只剩下不到五块，就算不遇上共军，饿也饿死了。

马直说，奇怪啊，枪炮声都听不见了，共军也不来打扫战场。莫非他们发现我们了，故意看我们的笑话？

张东山说，不是看笑话，是等李副军长自己投诚。

马直说，就算山穷水尽，李副军长也不会停步的。

张东山说，那咱们还跟着他干啥，找死啊？

马直火了，一拍腰间的驳壳枪说，张东山你给我听好，再散布消极情绪，老子以通共论处。

张东山说，好，好，我不散布消极情绪，我看你鸡巴还能硬几天？

八

出发之前，曹强摊开地图跟马直商量，中午要到达姚家疃西十二里的庄寨。

马直看着地图说，假如一七九师残部还在三十里铺，就一定有共军的包围圈，我们不能大摇大摆。

曹强在地图上比划说，这里有一条衢河，东西走向，两岸树林茂密，长官的意思是沿河岸走，如果能弄到一条船，那就更好了。

马直说，李副军长英明，虽然走河岸同样危险，总比在光天化日之下好点，万一不行了可以潜水。李副军长会潜水吗？

曹强说，不知道李副军长会不会潜水，不过你这个念头要不得，怎么能让长官潜水呢，那成何体统。

马直也有点不高兴了，嘟囔道，怎么叫不成体统，万一遇到共军，或者土匪，别说潜水，就是老鼠洞也照样钻。

曹强笑了，那是你们……李副军长断然不会钻老鼠洞的。

马直说，啊，是的……可是，真的到了那一步，咱们就不能死要面子活受罪了。你得跟李副军长说说，把他那身呢料军服换下来，别让人老远就盯准了目标。

曹强说，我跟他报告了，他不理睬，你让我怎么办？

马直挠挠头皮说，那就不办，走一步看一步吧。

曹强说，不仅要保护李副军长，还要保护好电台，无论找到找不到一七九师，手上有电台，就是一条活路。

马直说，未必，电台还有可能把共军引来。

曹强说，把共军引来也比饿死强。

衢河不大，最宽处也就五十多米，眼下是夏末秋初，丰水期，在冈峦起伏的丘陵地，河水由西往东，小分队逆流而上，由东往西。

走进河湾的林子里，光线就暗了，在暗处行走，多了些安全感，好像是老天爷在他们的头上撑着一把伞，把他们同人间隔开了。

说来奇怪，这里原本是国共两军交战的场地，自从一七九师没了消息，好像两支军队约好了，一起消失了。刚进入河湾的时候，马直的心还一直提溜着，走了一段，没有情况，就大意了。

临近中午，前方出现一个渡口，河岸有根木桩，当真拴着一条船。

曹强招呼几个兵，呼呼啦啦往渡口奔跑，上前去解木桩上的绳子。马直忽然觉得哪里不对劲，正琢磨要不要把那几个兵喊回来，就见船舱里钻出五个人，端着枪一阵乱扫，那几个兵当场倒下。马直眼疾手快，掩护张东山等人营救曹强，却不料身后的树上跳下来几个人，一阵拳打脚踢，将马直和他的兵悉数捆翻，连曹强也被捆了起来。

马直一边挣扎，一边用眼搜索，还好，李副军长没有被捆起来，却不知人在哪里。曹强一边挣扎一边嚷嚷，你们是哪部分的？

一个脸上有刀疤、显然是头目的人说，老子是打黄虎岭那部分的。

马直听懂了，心中一喜，大叫，快放了我们，我们是李副军长的卫队。

刀疤脸说，你说什么？李副军长……哪个李副军长？

马直说，李秉章副军长，你不知道李副军长吗？

刀疤脸向马直走近了两步，盯着他问，你看我像个傻子吗？我是傻，但是我不比你傻。

马直说，李副军长就在附近，快放了我们，我们去找李副军长。

刀疤脸伸出鹰爪一样的脏手，抓住马直的头发，把他的脑袋扯到自己的面前，嘿嘿一笑说，他妈的，吓唬老子啊，前两天老子遇到一个土匪，他说他是蒋委员长的表弟……嘿嘿，把东西交出来！粮食，粮食，把他们的干粮袋统统给我没收了。

马直跺脚嚷道，你不信，问问曹副官，他是李副军长的副官。

刀疤脸说，去你妈的，别说不是，就是李副军长真的在这里，你也得把粮食交出来。

马直说，我们没有粮食，我们快饿死了……马直正说着，突然闭嘴，脸上一阵痉挛——他看见河湾的林子里，一个人在斑驳的阳光中向这里走来。那是李副军长。

刀疤脸显然也看见了那个人，那个人穿着呢子将军制服，脚上踏着皮靴，高视阔步，一步一步地向刀疤脸走来。

刀疤脸惊恐地后退着,色厉内荏地说,你是谁?我不认识你。

李副军长脸上挂着微笑,向刀疤脸逼近说,你们是打黄虎岭那部分的?

刀疤脸说,是,是,可是……

李副军长哈哈大笑说,老子是指挥你们打黄虎岭那部分的,老子也不认识你啊。

刀疤脸啪地一个立正,报告长官,那时候我是辎重营营副,现在是……七团三营营长罗根堂向长官报到。

李副军长说,哦,很好,你把他们捆起来,打算怎么办?

罗根堂想了想,向身后一挥手说,松绑!

就在这时候,身后蹿上来一个人,挡在罗根堂的面前说,营座,先不急放人,粮食,粮食啊!

罗根堂明白了,脸上红一阵白一阵,对李副军长说,长官,对不起,人我可以放,可是粮食我得先弄点,弟兄们已经几天没吃饭了……

李副军长看着罗根堂,一字一顿地说,你敢!我带这支分队,是为了到三十里铺寻找一七九师,就一点豆饼了，如果你们愿意和我一道前往，可以同舟共济。

罗根堂起先还很客气，听李副军长讲完，哈哈一笑说，长官你说什么？你做梦吧？一七九师师长投共了，部队全跑了，你还去寻找，你诳我吧？你这个李副军长是真的还是假的？

李副军长冷冷地看着罗根堂，突然伸出两只手，手在衣扣上摸索，一个一个地解开扣子，最后解开风纪扣，再然后，从裤腰里扯出衬衣褂襟，两手一扬，只听一阵嚓嚓的断裂声传来，盖过了湍急的水声。

马直定睛看去，李副军长的两只手掀起雪白的衬衣，胸膛上出现层层叠加的伤疤。李副军长说，看清楚了，老子是不是李副军长？

罗根堂上气不接下气地说，长官，你是李副军长，正因为你是李副军长，我们才不能跟你走，我们不能跟你送死。

李副军长居高临下地看着罗根堂，你想干什么？

罗根堂说，来人，保护李副军长，其余的，把干粮袋给我统统摘下来。

李副军长正要掏枪，一个小头目模样的家伙上前一步，将李副军长的胳膊架住了。接着，又上去几个士兵，七手八脚,将李副军长拖进树林里。

罗根堂打开一个干粮袋,抓起一把豆渣闻了闻,脸皮突然绷紧了,像被谁踢了一脚,骂道,他妈的,这是什么干粮啊,喂牲口的……难道你们就吃这个?

马直说,不吃这个难道还吃山珍海味,你们这群强盗,回到部队,老子毙了你们。

罗根堂说,回部队?哪个龟儿子回你那个破部队,老子要么落草为寇,要么回家种田……弟兄们,你们说怎么办?

先前那个阻挡罗根堂放人的家伙说,反正事情已经做了,一不做二不休,把这几个人干掉。

另外一个人说,不可,咱们就是落草为寇,也是谋财不害命,放人一马,胜造七级浮屠。

罗根堂说,啊,是的,李副军长是抗战名将,这个人是不能杀的,杀了抗战英雄,就是卖国……这样吧,把他的呢子服扒了,好歹值几个钱。上山打游击,老子穿上呢制服,土匪就成洋匪了。

罗根堂说到得意处,转过头来问马直,啊,兄弟你说是不是?

马直挣扎得最强烈,所以他被捆得最紧,反剪双臂,身后还有两个人按着，抬头也很困难。马直说，罗根堂，你讲点人性，李副军长特别注重仪表，你不能扒他的军服……

罗根堂哈哈一笑说，我不扒他的军服，我穿什么？从明天起，老子就是黄虎岭救国游击纵队少将司令。弟兄们，快干活，干完活赶快走啊，上山喽。

马直还在挣扎，罗根堂走过来，顺手抓过一个干粮袋子，塞在他嘴里。

十多分钟后，罗根堂一行带着李副军长的呢制服、三条装着豆渣的干粮袋，从大伙背包里抖搂出来的三百多块光洋，押着两个电台兵和一部电台，登上木船，扬帆而去。

曹强和马直等人原地挪动，背靠背互相摸索，把绳子解开，曹强第一个跳起来说，不好，电台没了，我们就完了。快追！

马直站起来，首先试试腿脚，然后扑到被匪兵扔弃的杂物堆边。还好，他的被子还在，大约因为那上面山水画太多，匪兵不稀罕。马直抱着他的被子，热泪盈眶，嘀咕道，天无绝人之路啊……

曹强一步窜到马直的面前，嚷嚷道，你怎么啦，什么天无绝人之路，你是不是傻了，赶快去追电台啊。

马直回过神来，冷冷地说，追电台干什么，赶快去找李副军长。

马直话音刚落，就听林子里传来一声枪响。

所有人都明白发生了什么，没有出现意外，没有慌乱，也没有人急着跑过去看个究竟。几个人揉揉手腕，伸伸腿脚，无精打采地往枪响的方位挪动。

曹强迈着鸭步说，知道吗，李副军长早就在计划这一天了，自从国共开战，他就决心不再过问战事，他说他只跟日本鬼子打仗，不跟八路军打仗。

马直说，是啊，别说是李副军长，就是我们这些下层军官也想不通，抗战的时候，八路军干得多漂亮啊。还记得黄虎岭那次吗，我们跟八路军争地盘，闹得那样凶，八路军还是让步了，在冻土岗帮我们打阻击，打死七十多个增援的鬼子。可是国军的报纸，只字不提八路军的事，我们都看不下去。

曹强说，就是黄虎岭那次，李副军长跟我交代，以后万一国共开战，能躲就躲，不能躲就走。

马直说，他就没有投共的想法？

曹强说，这个他没有说……嗨，如今说这些话已经没用了。马连长，让你的兵动动手砍几棵树，削几块板子，我们找个干燥的地方，暂时把长官安葬在这里，做好标记。

马直说，可是，安葬之后我们怎么办？

曹强说，一切都结束了，长官在，我们听命令，长官不在了，那就各奔东西。中国，靠国民党是不行的。

马直似乎有点感动，眼睛一红，问曹强，要不，我们一起去，像你这样的读书人，到共军的队伍肯定有个好差使。

曹强想了想说，来，我给你看一样东西。

走到一个隐蔽处，曹强从贴身的衣兜里掏出一个物件，展开，是一道密令，上面赫然写着，发现李秉章投共，就地正法，授曹强少校临机处置权力。

马直看了一遍，不太懂，又看了一遍，脸色刷地变了，这么说，你是……这密令是军长……？

曹强摇摇头，不是。军长身边也有像我这样的人。

马直惶恐地看着曹强，这么说，你是……？

曹强把手伸给马直，握住说，我暂时不能告诉你，以后……如果还有以后，你会知道我是什么人。可惜了李副军长，一代抗日名将，我没有保护好他，我是这个国家的罪人，是中国老百姓的罪人。

曹强的眼泪倏然涌出，泣不成声。

马直好像明白了什么，拍拍曹强的肩膀说，别说了，我们都有责任，可是谁想到会这样啊……走吧，我们去把李副军长……入土为安吧。

九

李副军长的长筒皮靴不见了，一双布鞋踩在衢河河湾的树林里。

那天在衢河渡口，马直他们听到枪声，都以为是李副军长开枪自杀了，可是走到近处，一行人都愣住了，原来李副军长没有死。

立功的是姚山竹，这个吃了李副军长一碗白汤稀饭的孩子，在渡口出事的第一时间，就把李副军长推到了林子里，李副军长听说是自己的部队，挺身而出之后，又被罗根堂的匪兵架到林子里。李副军长看见姚山竹在远处瞄准罗根堂，怕他开枪暴露目标，这才主动站起来脱下军服。罗根堂的匪兵离开之后，李副军长举起手枪，一枪打在对面的树上。李副军长笑着对扑上来的姚山竹说，我跟你说过，留着小命，该拼命的时候再拼。我这条老命，怎么着也不应该这么丢掉，再等等吧，还有事情没有做完。

后来曹强和马直赶到了，看到的情景让他们胆战心惊，他们认为已经死了的李副军长坐在一截朽木上，脸上挂着一如既往的微笑。马直吓坏了，他以为那是李副军长的尸体在微笑，他壮壮胆子，亦步亦趋地靠近尸体，想伸手摸摸尸体的脑门，突然听见尸体说，怎么，以为我死了？我还活着，我的墓地不在这里。

马直原地不动，僵硬的身体更加僵硬了，想说什么，嘴巴却像被冻住一样。此刻，一缕星光照亮了他黑洞一样的脑海——他自己已经成了尸体，一具站着的尸体。

这个过程不知道持续了多长时间，直到身后有人推了他一把，他听到一个熟悉的声音在脑后轰鸣，马连长，马直，你怎么啦？

马直睁开眼睛，站在面前的是曹强。

曹强说，你没事吧？

马直说，我没事，就是有点……头昏眼花。

曹强说，你得挺住啊，你是连长，要是你也死了，我这任务就没法完成了。

马直伸伸腿脚,试了两下说,还行,我暂时还死不了,就是死,也要把长官护送到三十里铺再死。

把队伍收拢之后,继续沿着河湾走。这些天多雨,林子里杂草横生,藤蔓绊腿,走起来很费劲。

走了半夜,天快亮的时候,曹强向李副军长请示,就地宿营,睡到次日傍晚再走。

李副军长说,那就宿营。

因为东西被罗根堂洗劫了,只有四个背包和几条干粮袋,曹强对马直说,把你的背包解开,给长官当被褥。

马直吃了一惊,眨眨眼睛说,我的背包……我的背包里面有鬼,盖在别人身上别人会做噩梦。

曹强奇怪地问,什么,你说什么?

马直说,我的背包……嘿嘿,你看,这上面都是我的儿子,儿子们夜里会哭,给长官用不合适。

曹强还是稀里糊涂,横了马直一眼,叫过来一个有背包的兵,给李副军长找睡觉的地方去了。

河湾的树林里,潮湿的空气夹杂着泥土的腥味,蚊虫个头大,一言不发,撅起屁股叮人。马直知道,林子里不仅有蚊虫,还有蚂蟥,少不了还有蛇和蜈蚣……这些东西对于马直来说,有等于无,他丝毫不在意它们的进攻，多少还有点羡慕它们，它们不知道生死，因此它们不怕生死，活一天算一天，它们叮咬他，是看得起他，把他当作活人叮咬。他的血肉进入它们的肚子里，就意味着他的生命有一部分还活着，它们代表他继续活着。

忽然想起张东山头天夜里没有讲完的那件事情。

五灵战斗发生在黄虎岭战斗前一年，那时候太行山国共双方的关系时好时坏，在五灵战斗中，八路军独当一面，保证了国军侧翼的安全。李副军长负伤后，廖峰发来电报，让前线部队就近把李副军长送到八路军医院抢救。

当时马直是排长，跟随营副蔡德罕带队把李副军长送到设在薛集的八路军医院，几个医生查看了李副军长的伤势，认为风险很大，一旦手术失败，廖峰就有可能反咬一口，诬陷八路军谋害抗日英雄。

关键时刻，一个名叫东方静的女医生挺身而出，说了一句话，救人要紧。就是这个东方静，在马灯下做了半夜手术。马直亲眼看见，东方静走出手术帐篷的时候，步子软绵绵的，几个小时后，李副军长醒来，东方静本人也被送进急救室抢救，据说是患了高血压病。生死一搏，李副军长活过来了，东方静也活过来了，当时廖峰

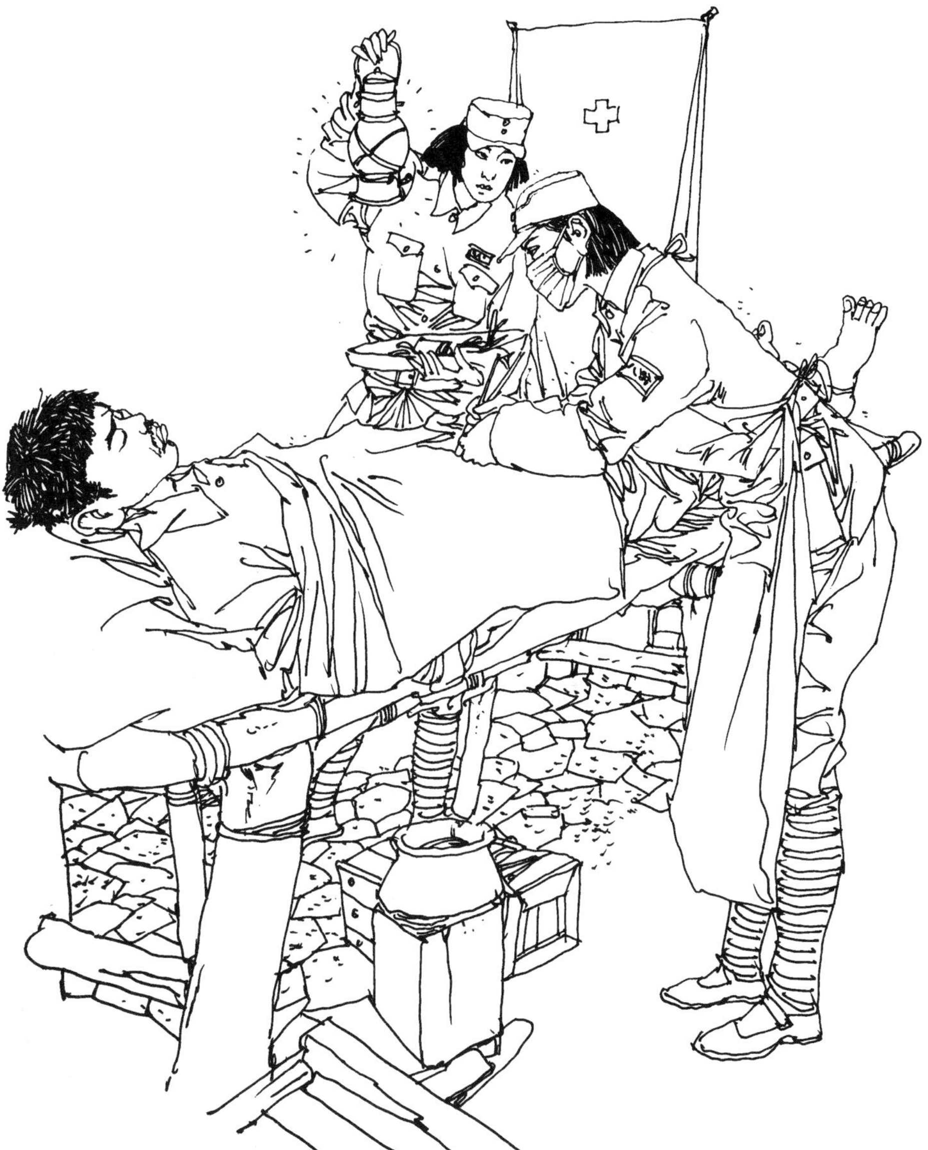

还派人给八路军医院送了十头奶牛，以示感谢。

哪里想到，半年不到，国共撕破脸皮，在恒丰战役之前的一次"剿共"战斗中，廖峰秘密派遣一七八师一个团偷袭八路军后方基地，等李副军长得到消息，策马赶到战场，东方静医生和几十名医护人员悉数倒在血泊之中，这就是震惊朝野的"薛集惨案"。

一七八师的那个团是李副军长一手带大的部队，廖峰之所以派这个团做这种冒天下之大不韪的事情，是为了斩断李副军长同八路军的瓜葛，马直曾亲眼看见闻讯赶来的李副军长泪流满面，仰天长啸。那一声"我是罪人"的呼喊，在马直心里久久回荡。

在这个月光如水的夜晚，马直似乎明白了，为什么自从五灵战斗之后，李副军长就不再过问战事，也似乎明白了，为什么李副军长要坚持走到三十里铺，走到他的目的地——墓地。

十

在潮湿的林子里睡了半夜，一觉醒来，马直看见一轮红日悬挂远处，树林里像是撒了一地金沙，到处涌动着玫瑰的颜色。枝头上鸟雀喳喳,好像在搞什么庆典活动。

鸟叫把马直的战斗欲望激活了,他坐起来,揉揉眼睛,发现不远处一棵树的枝丫上,两只肥硕的鸟正在交头接耳。他试探着向那两只鸟接近,刚走了两步,腿一软,栽倒在地上。不知道过了多久,他又在鸟鸣声中睁开眼睛,那两只鸟并没有离开,并且瞪着眼睛看着他,好像向他挑衅似的。

他运了运气,想站起来,可是他的双腿拒不配合,他只能以匍匐的低姿向那棵树运动。让他感到愤怒的是,他已经运动到树下了,扔一颗石头就能打中鸟的翅膀了,可是那两只鸟还是无动于衷,还在起劲地唱着它们的歌。

马直听不懂那歌,可是他听懂了它们的口气,它们在嘲笑他。他伸出手指,想从地上抠一块石片,只要有一块三公分大小的石片,他就能准确地削断鸟的翅膀,甚至有可能一石二鸟,然后在树林里架起一堆篝火,把这两只鸟烤了,他至少可以分到一只翅膀。

他终于找到了一块半个鸡蛋大的石片,屏住呼吸,把石片举到眼前,从他的瞳仁到石片,再到树上的鸟,三点构成一条直线。他慢慢地绷紧了腿,绷紧了胳膊,收起了小腹……他把浑身的力量都调动起来，集合在右手的拇指和食指上，他只有一次机会，只能成功，不能失败。

好，现在，一切都准备就绪了，可以行动了，他的手在颤抖，胳膊在颤抖。他长长地出了一口气，又深深地吸了一口气，预备，放……可是，就在这个"放"字刚刚跳上嗓门的时候，他的手突然停在空中，他眼前的手，曾被楚晨夸奖过的手和手指，就像几截肮脏的朽枝，散发着霉味，狰狞地扭曲着。

眼前一黑，他感觉地面突然抖了一下，倾斜起来，他迎着倾斜的地面，扑了上去，不过，他的脸还没有挨上地面，就被人抱住了。

马直清醒过来，已经是两天以后的事情了。

渡口事件发生后，曹强调整了行军路线，改成走大路。只走了半夜，发现远处的村庄红旗招展，隐隐听到唱歌的声音。曹强分析那里已被解放军占领了，赶紧指挥队伍，再回到河湾的林子里。在曹强看来，河湾的林子似乎与世隔绝，是最安全的行军路线。

这两天，马直始终处在被动行军状态，一会儿有人架着他，一会儿有人扶着他，一会儿自己走，走着走着就一头撞在前人的后背上。

那场雨来得突然，谁也想不到秋天会有这样的大雨。曹强高兴得大喊，跑步前进，跑步前进，这么大的雨，不会有人出门，不会撞上鬼，跑步前进……

别人跑，马直也跟着跑，只是经常有人推他一把，或者拉他一把。跑啊跑，他感觉他的胳膊长了翅膀，他的脚上安了弹簧，他的身体在雨中腾空，不知道跑了多久，他发现自己已经躺在一棵树下。张东山给他端来一只碗，他喝了一口，没啥味道。

张东山说，连座，你再喝两口，这是鱼汤。

他吃了一惊，鱼汤，从哪里弄来的鱼汤？

张东山说，连座你太吓人了，这两天都是游魂似的，胡言乱语，走路也是迷迷瞪瞪的。你清醒了吗？

他又喝了两口鱼汤，感觉鱼在他的肚子里摇头摆尾。他也像鱼一样使劲地晃着脑袋，想把脑袋里面乱七八糟的东西晃出来。晃了一会，睁开眼睛，蒙在眼前的迷雾渐渐散开，他看见了下午的阳光照在林子里，密密麻麻的山水画一块挨着一块，像他的被子那样。他试试腿脚，缓缓地曲起双腿，突然一跃而起，刷刷几个齐步走，走到李副军长面前，抬臂敬了个礼，报告长官，我清醒了，我压根儿就……没有喝醉。

李副军长不动声色地看着他说,很好,很好。曹副官,你再看看,他到底清醒了没有。

曹强拎着一把手枪,走到马直面前,"咔嚓"一声卸下弹匣,把子弹一粒一粒退下来,摊在手心送到马直面前问,几颗?

马直说,七颗。

曹强对李副军长说,这疯子确实清醒了。

李副军长说,好,那就好。

马直抬头看看天,又低头看看地,问曹强,这是怎么回事,这两天发生了什么?

曹强嘿嘿一笑说,什么也没有发生,我们离三十里铺越来越近了,过了洪埠镇就是。李副军长说,他的墓地在那里,他要去找他的墓地。

马直怀疑自己的神经又错乱了,惶恐地看着李副军长。

李副军长抽着空烟斗说,他说得对,到了三十里铺,你们就各奔前程。当然,不到三十里铺,你们也可以各奔前程。

马直说,……哦,我明白了,我们……说到这里,马直精神一振，立正，大声说，我们誓死保护李副军长，我们一定帮助李副军长找到他的——墓地。

十一

鱼是姚山竹钓来的，这个瘦娃子有一双巧手，几次轻装，他也没有丢掉针线包和洋火。在马直半死不活的那个下午，姚山竹找了几根朽枝，燃了一堆火，将缝衣针弯成了一枚鱼钩，别人宿营的时候，他坐在河岸的水凼边钓鱼，还真的钓了几条半斤重的鱼。

这个伟大的胜利给了小分队极大的鼓舞，不仅因为食有鱼，而是从鱼的身上，看到了这一带地皮没有在恒丰战役中被烧焦。曹强有点纳闷地说，怎么会有鱼，难道这里没有军队来过？

姚山竹说，有水的地方就有鱼。

曹强说，小子你这话不对，天上下的雨水里也有鱼？

姚山竹说，有啊，雨水落到沟里，那里的鱼卵就活了。

曹强笑了，拍拍姚山竹的脑袋说，好，你说有就有，鱼在你脑袋里。

两天之后，小分队终于看到了一个较大的集镇，洪埠镇，这是三十里铺以东最后一个集镇，距离三十里铺仅有七里地。

只剩下五个人了，除了李副军长和曹强，还有马直和张东山、姚山竹。马直有些奇怪，张东山一直没有放弃跑的念头，可是经历了这么多危险，居然一路跟了过来。

在洪埠镇外的小树林里，曹强让张东山和姚山竹化装成乞丐爷俩，到镇上要饭并打探消息。张东山和姚山竹刚刚离开，曹强就把马直叫过去说李副军长要洗澡，让他找一点柴火，烧一锅热水。马直一听，气不打一处来，嚷嚷道，什么时候了，还要洗澡，不要命了。

没想到这句话被李副军长听到了，李副军长在不远处说，命可以不要，澡不能不洗。

马直吓了一跳，赶紧说，遵命长官，可是，柴火我能找到，我从哪里找烧水的锅呢？

李副军长想了想说，算了，我到河里洗，你们……各自方便吧。

李副军长说完，看看马直和曹强。曹强说，也好，现在天还不冷，长官就将就一下，到河里洗澡吧。

李副军长说，不是洗澡，是沐浴。

曹强看看马直，挤眉弄眼地说，听清楚了吧，长官要沐浴。马连长，知道你要干什么吗？

马直说，沐浴？……你让我陪长官沐浴？

曹强脸色一变说，谁让你陪长官沐浴了？你的任务是警戒，防止有人袭击……不，防止有人窥视长官沐浴。

马直眼看李副军长一步一步走到河边，一件一件脱下衣服，只剩下一条短裤，然后一道白光闪过，马直还没有反应过来，李副军长已经劈开河面，浪里白条一般射进河底。马直看得目瞪口呆，喃喃地说，李副军长水性很好啊，你怎么说他不会？

曹强说，李副军长当然水性很好，他自己潜水那是他高兴，但是为了逃命你让他潜水，那就是侮辱他，他当然不会干。

马直盯着远处，夕阳的余晖落在河面上，涟漪像镶了金边的麦浪一样，由近及远地滚动。马直突然一阵紧张，高喊一声，曹副官！

曹强看了马直一眼，不紧不慢地问，你怎么啦？

马直的声音变了，颤抖着，结结巴巴地说，曹副官，李副军长……这么久了，李副军长还没有出来，他会不会……会不会……

曹强明白了，若无其事地笑笑说，你担心他会沉河？不会，他洗澡……啊不，他沐浴就是为了活着。

马直稍稍平稳下来，问曹强，你这话是什么意思？

曹强说，他活着就是为了死去。

马直更加糊涂了，瞪眼问，你刚才不是这么说的啊，你刚才说他沐浴就是为了活着。

曹强说，都一样，他沐浴是为了活着，活着是为了死去。不光是他，你我都一样。

马直说，怎么你越说我越糊涂，难道我是在跟鬼说话吗？

曹强笑了笑说，差不多吧，我们都人不人鬼不鬼了。

马直掐了一下自己的胳膊，感觉到疼，他扬起胳膊，高兴地对曹强说，老子还活着。

曹强说，你说活着就活着。

又过了几分钟，李副军长从河面上露头了，并且站了起来。看得出来，李副军长很开心，脸上难得地露出了笑容，还向曹强和马直挥挥手说，你们也来洗洗，咱们进村。

曹强说，报告长官，我们不洗了，我和马连长为长官警戒呢。

李副军长站在河心说，那好，你们的路还长，往后有的是时间。说完，李副军长一个猛子又扎进水中。

夕阳坠落在远方的地平线上，河面渐渐模糊起来。马直坐在河岸边的一块草地上，思绪走得很远，回到了泰山脚下那个破败的村庄，回到了被抓壮丁的那个漆黑的日子，这些回忆像马蜂一样蜇在他的心里，让他很不舒服。他竭力地回忆那些让他快乐的事情，终于，他看到了太行山抗日战场上的那个乔城。

黄虎岭战斗胜利之后，部队驻扎乔城休整，来了一个庞大的慰问团，还有外国人，每天晚上都有舞会。那个时期，廖峰军长和楚副参谋长春风得意，频频举行记者招待会，而黄虎岭战斗最大的功臣李副军长却不见了，听说被派到八路军根据地谈判去了。

有天晚上，马直带领他的兵正在舞厅外围巡逻，只见里面冲出一个人，一看见马直就径奔而来，二话不说命令马直，赶快，把后面那个混蛋给我拦住，不行就动手。

马直认出来是楚晨，一身的酒气。正要问个究竟，一个美国人追了出来，嘴里嚷嚷着半生不熟的中国话，密斯楚……等等我，不要误会，我只是想吻你……马直不用脑子也知道发生了什么，迎着那个跟跟跄跄的美国人，假装搀扶，却在下面用脚使绊子，把那个美国人绊得脚不沾地。

眼看楚晨隐身了，马直才挥挥手，让两个兵过来，交代一番，那两个兵嘻嘻哈哈地靠近那个美国人，不由分说把他架回舞厅了。马直嗨了一声，楚晨从暗处冒出来，哈着酒气问，你的连部在哪里？马直伸手一指说，就在军官俱乐部的南边。

楚晨说，那好，快把我带到你的连部，给我找一身军装。

马直这才知道，楚晨也喝多了，不知道身上的污垢是她自己吐的还是美国人吐的，反正是气味很重。马直把楚晨带到连部，楚晨捂着嘴，挣扎着把门关上，还没等马直反应过来，楚晨就把旗袍脱下来了。马直赶紧扭过脸去，只听身后一阵响动，楚晨的旗袍从他身边飞过，落在门后，接着他的胳膊被砸了一下，那是楚晨的高跟鞋。马直原地傻站，几分钟后，身后传来呼噜声，楚晨已经蒙着他的被子睡着了。马直没有地方去，只好在连部门口溜达，直到天快亮了，怕别人看见不雅，这才开锁进门,把楚晨推醒。楚晨酒醒过来,坐在床上,用被子护住前胸问马直,你看见了什么?马直说,我什么也没有看见,你醉了,我也醉了。楚晨突然骂了起来,他妈的,王八蛋杰克逊,跳舞不老实,捏我的屁股,他以为姑奶奶喝醉了。

楚晨说着,跳起来扯衣服,胸前的两个坨坨在马直的眼前跳了一下,马直差点儿晕了过去,好不容易才站稳了,故作镇静地说,姑奶奶是喝醉了,不然就不会跑到我的房间睡了半夜。

楚晨惊讶地说,你的房间?你不是我二叔的勤务兵吗,我还以为这是我二叔的家。

马直苦笑说,是的,哪里都是你二叔的家。要不,你接着睡?

楚晨想了想说,哦,是的,是你的连部。算了,我醒了,赶快送我回机要处。这件事情,不许对我二叔说啊。

那天早晨,楚晨穿的是马直的军装,两天之后军装还回来,口袋里多了两块黑乎乎苦苦的糖。马直舍不得吃那两块糖,把它们装在口袋里,捂得像稀牛粪一样,后来才知道,那东西是洋玩意,名叫巧克力。

这以后，再见到楚晨，马直的心里就有一些异样的感觉，总觉得他同楚晨之间多了一些瓜葛。可是，过后再同楚晨打照面，楚晨差不多没拿正眼看过他，好像他们之间什么也没有发生……现在想起来，马直有点后悔，假如，那天他也动手去捏楚晨的屁股……啊，这样太下流了，马直看看河面，突然警醒过来，看看人家李副军长怎么做人的……可是，他还是有点憋屈，特别是想到楚晨以后对他不冷不热的态度，他就益发懊恼，甚至仇恨，他想，就算那天夜里他把楚晨的被子——何况还是他自己的被子——掀开，看看总可以吧……不，还是没有动手的好。那层被子，保住了他的气节，没准也保住了他的小命。

他又往河面看了一眼，李副军长已经上岸了，瘦骨嶙峋的身体在月光下面泛出幽暗的微光，这微光让他想起了鬼火，小时候在野外坟地里看到的磷光。

十二

傍晚时分，张东山和姚山竹回来了，干粮袋里装满了食物。张东山说，他和姚山竹穿过一条街道，居然没有受到任何怀疑。镇上要饭的乞丐太多了。

曹强选了半块看起来还算干净的杂面饼子送给李副军长，李副军长坐在一截干粮袋上，捏着饼子，两眼盯着前方的树，听曹强禀报。

有消息确认，一七九师经过共军的围困和连续三次穿插突击，部队化整为零，作鸟兽散。师长朱鼎带领警卫营仅剩的三十八人主动缴械，混了个投诚的称号，被共军送到战俘管理营当教员去了。

曹强郑重其事地向李副军长建议，干脆向解放军投诚，好歹混口饭吃。凭借李副军长抗战英雄的名气，共军一定会优待，奉为座上宾。

李副军长说，还是河湾好，林中一日，世上百年啊。

曹强看着李副军长，不知道他这句没头没脑的话指的是什么。曹强说，如果长官抹不开面子，可以隐姓埋名，先以李春成的名义，到解放军收容站登记，每天可以领到一斤小米。

李副军长说，我的目的地在三十里铺，我不能在这里苟且。

曹强看看李副军长，又看看马直，苦笑一下，招呼姚山竹过来，用几条干粮袋垫在地上，安顿李副军长宿营,然后给马直做了个手势,两人一前一后离开李副军长,在月光下漫步。

马直是北方人,长江以南是第一次来,感觉这南方的树林有点阴森森的,特别是头顶的月亮,忽明忽暗,就像人的眼睛,睁一只闭一只。曹强的步子也很奇怪,忽慢忽快,拖得他跟跟跄跄。那个问题再次挂在心头,我们这是到哪里去,我们要干什么,李副军长要找的是他的墓地还是目的地,找到之后该怎么办?

再看前面那个人的背影,也很陌生,好像那个人也不是活人了,还有留在林子里的张东山和姚山竹,算不算活人,他现在很难确定。当然,还有他自己,他不能确定在月光下跟着一具尸体前行的自己是不是一个活着的人。

登上一个高处,前面的那个人站住了,指着远处问他,看到那个村庄了吗?

他说,看见了。

其实啥也没有看见,只是看见一片黑乎乎的东西。

前面那个人说,那个村庄叫于楼,是洪埠镇东边较大的村落,估计也被共军占领了,我们明天一早出发,不管李副军长同意不同意,就到那里向共军投诚,先把肚子填饱了再说。

他说，好。

说了这个字，他觉得不对劲。李副军长？共军？投诚？这些字眼对他来说，都很陌生。这是哪个世纪的事情？他依稀想起了一个人，马直，山东泰安人，民国十五年出生，民国三十三年被区公所以抗税为名，抽丁入伍，在廖峰部队五团服役，参加了马江战斗、楚城战役、五灵战斗、黄虎岭战斗，因为作战勇敢，受到团长楚致远赏识，后随楚致远调至军部担任警卫营二连排长，继而晋升为连长……他在回忆经历的时候，突然想到一个问题，假如李副军长找到了他的墓地，那墓地有没有他的一席之地？如果有，他就应该把自己的履历回忆清楚，写在墓碑上……当然，他可能不会有墓碑，想这个问题纯属扯淡。就算他有墓碑，谁会来给他烧纸呢，难道是楚晨？

啊，楚晨。现在，马直真的很懊恼，无数次缩在被窝里，无数次抱着那床旧棉被，无数次想象，那天楚晨在他的被窝里都干了些什么，难道就那么像猪一样地死睡，就没有想过那是一个男人的被窝，那个男人经常用他的青春之手在那上面描绘山水画？

突然，他的心脏抽紧了，他想到了一个至关重要的问题，乔城之夜，楚晨在他屋里脱旗袍，他已经看见了楚晨胸前的那两坨东西，可是，他并不知道它们长得是什么样子，因为楚晨并没有脱下她的胸兜……或者楚晨在脱下胸兜的时候他已经站在门外了……他想啊想，到底看见了没有，因为没有灯啊。似乎是，那天他和楚晨进屋的时候，他手里的电筒就被楚晨夺了过去，楚晨夺下电筒就对他喝了一声，出去！

天啦，出去，出去，出去……马直悲凉地想起来了，其实那天他什么也没有看见，楚晨夺过他的手电筒就给他下了一道命令，出去，出去——后来他脑子里出现的那两坨东西，从他身边呼啸而过的旗袍和高跟鞋，全是他自己的想象，或者说是他听到的。

出去，出去，出去——

猛然，他被人推了一把，马连长，你怎么啦，又犯羊角风了吗？

他说……他啥也没有说，他觉得张嘴有点费劲。

曹强站在马直的面前，眼睛充满了血丝。曹强说，马连长，我跟你讲，这个时候，我们都必须坚强起来，长官能不能找到他的墓地，只能靠我们两个。

马直拍拍自己的脸，好让自己的嘴巴能够顺利张开，果然，这下嘴巴张开了。马直说，曹副官，我听你的，活着听你的，死了也听你的。

曹强说，啊，死了也听我的，你死了还能听到我讲话吗？

马直说，我已经死了很多次了，可是每次你讲话，我都听见了，我一直跟着你走。

曹强说，那好，现在我就跟你讲，下一步到于楼，不管李副军长什么态度，我们都不往前走了，我们在于楼等共军。

马直吃了一惊，啊，等共军，你要背叛长官？

曹强说，不是背叛长官，我要救长官。

马直点点头说，明白了……曹副官，你跟我说实话，你跟共军有没有联系？如果你是共军的人，干脆去报告，把李副军长交给共军，防止有人抢先一步把李副军长卖了大价钱。

曹强说，你凭什么说我是共军的人？

马直说，就凭这一路上没有受到共军的阻击，就凭……从离开姚家疃那天起，我就发现有一支部队尾随我们，我分析那是共军的部队。在衢河渡口，李副军长没死，我指挥大伙清点物资，就那会工夫，我看见你一个人走到渡口南边，有个人站在那里等你，你们在那里嘀嘀咕咕很长时间，我怀疑你和共军的情报员接头。

曹强看着马直，就像看一只猴子，嘟囔道，接头？真是大白天见鬼了，我怎么会在那里同共军接头呢，就在你们的眼皮底下……哦，我想起来了，那天我是到渡口南边去了，可是我在那里撒尿，那里根本就没有人。

马直说，我分明看见了一个人，你面朝他背朝我，你们讲了一个多小时……再说，那时候你根本没有尿，枪声响起来的时候，你已经尿裤裆了。

曹强盯着马直的眼睛，马直仰起头来看天。曹强绝望地说，妈的，我现在不是在跟一个人说话，我是在跟一个鬼说话……不，我是跟一群鬼说话……好好，你说我接头就是我接头，下一步，到了于楼，我就大张旗鼓地接头。我他妈的再也不在河湾里当水鬼了。

曹强刚刚把这句话讲完，就听天空响起一个炸雷，接着就是倾盆大雨。曹强怔了怔，突然高声喊了起来，又下暴雨了，前进，前进……

前进，前进，不知道前进了多长时间，马直腿一软，扑在泥水里，脑子里一直有个声音，往后的事情他就不清楚了。水从天上来，从山头来，从树根和草叶上来，哗啦啦，哗啦啦，一直响个不停。

十三

枪声传来的时候，马直正在做梦，梦乡是一个名叫"薛集"的地方，他看见倒在血泊之中的八路军女医生东方静，东方静是扑在伤员的身上中弹的，中弹后她站了起来，掠掠头发，双脚离开地面，慢慢升到空中……天边，一匹白马扬起四蹄，像流星一样划着弧线，弧线在空中同云层摩擦出耀眼的闪电，我来了，我来了，我来迟了……雷电的声音敲打着地面，一阵暴雨落在林子里。马直在将醒未醒之际又持续了几秒钟，就在这几秒钟里，他看见李副军长跪在几十具尸体中间，李副军长说，她见到我的时候，我是死人，我见到她的时候，她是死人。我是罪人，我是罪人，罪人……李副军长举起手枪，对准自己的额头，连开三枪……

枪声由远及近，马直睁开眼睛，发现自己躺在……不，是同一棵树站在一起，不知道是谁把他捆在这棵树上。后来想起来了，离开河湾的前一夜，大雨滂沱，没有办法宿营，曹强要求大家用背包带把自己捆在树上睡觉，他是抱着一棵树做的梦。几秒钟后，姚山竹过来了，帮他解开了背包带，他跟跟跄跄滚到曹强面前问，哪里打枪？

曹强说，我也不知道哪里打枪，管他妈的，我们走吧，到于楼，谁打枪都无所谓了。

十分钟后，这支小分队终于像水鬼一样钻出了衢河河湾的林子，踏上了通向于楼的大路。

雨停了，阳光洒下来，在地面溅起一地金黄，田野里弥漫着清新的气息。马直的脑子里突然蹦出一句话，人间真好，真好。

曹强走在队伍的前头，马直追上去说，曹副官，你跟共军联系好了吗？我们这就去投诚？

曹强说，联系好了，我十年前就跟他们联系好了。

马直说，我没有犯病吧？我觉得这会儿清醒了，我看见天上挂着星星。

曹强说，你没犯病，我犯病了，我看见天上挂着的不是星星，是来迎接我们的共军。

马直说，可是，我们就这样回到人间，李副军长他同意吗？

曹强说，他当然同意，他已经死了。

马直点点头说，哦，死了……死了好，死了就解脱了。

说完这话，马直愣住了，"哇"地喊了一声，转身去看，看见张东山和姚山竹抬着担架，上面躺着李副军长。马直等在路边，等担架走近了，伸出脑袋，贴在李副军长的额头上，李副军长的额头像是被开水烫过，热乎乎的。这才知道，李副军长患了疟疾，高烧一夜了，不管往哪里走，他都管不着了。

曹强说，就算前面下刀子，也不要停下，赶快去找共军……不，去找解放军，我们要解放，我们解放了。

当天中午，小分队到达于楼，还没有进村，就看见一队解放军战士坐在村口唱歌。马直说，不好，这里是共军的天下，赶快回到河湾。

曹强一把扯住马直说，哪里都是共军的天下。说完这话，曹强高声喊了起来，解放军弟兄们，我们回来了，我们……抗日战争的战友，我们在五灵战斗和黄虎岭战斗中并肩战斗，我们回来了……

迎面过来的是解放军的一名营长，惊讶地问，你们……你们怎么弄成这样？

曹强说，我们哪样了，我们好得很。

营长说，好得很？看看你们，蓬头垢面，破破烂烂，说好听点你们是叫花子，说白了就是一群鬼。

曹强说，你是解放军吗，解放军怎么这么说话？

营长说，我说的是实话，赶快，到村里，我给你安排一个地方，先洗洗，洗干净了到营部登记。

马直说，不，我不洗，打死我我也不洗。

营长说，怎么，还挑三拣四？先洗，我们不要肮脏的俘虏。

马直说，我们不是俘虏，我们是来投诚的。我们要吃饭。吃饭是第一位的。

曹强说，胡说，吃饭不是第一位的，给我们的……曹强指指担架上的李副军长，对营长说，这是我们的……赵团副，发高烧，差不多快死了，看看能不能救活。

营长惊讶地说，啊，团副，这么大的官啊，卫生员，卫生员……

营长喊了起来，不多一会，来了个背着药箱的战士，摸摸李副军长的脑袋，二话不说，从药箱里找出一支针剂，注进了李副军长的胳膊。

趁解放军的营长不注意，马直对曹强嘀咕，都什么时候了，还瞒着，干脆把李副军长的名号报给他们，也许我们能吃上一顿肉。

曹强低喝一声，胡说，报他的名号，一定要征求他的意见，等他醒了再说。

马直说，他要是醒不过来怎么办？

曹强说，醒不过来？醒不过来我们就不能报他名号……醒不过来，那就把他埋在三十里铺，我这里还有他的遗嘱呢。

马直说，啊，遗嘱，他都交代好了？那……咱们……那就先不报他的名号吧。

一会儿，又来了一个解放军首长，估计比营长大，首长听说有个国军团副患疟疾，交代营长，赶快把病人送到团部卫生所去。

一个下午，小分队摇身一变，各自有了新身份，洗了澡，吃了饭，登了记……解放军的营长派了两个兵，送来几身解放军的军装，几个人这才恢复了人样。营长跟他们讲，现在俘虏兵、投诚兵很多，恐怕照顾不周，你们先在甄别学习班里学习，汇报抗战以来的所作所为，等待组织上分配工作。

到了学习班，马直和曹强被分到一个宿舍，马直放下背包，忧心忡忡地说，李副军长也不知道怎么样了。

曹强看着马直说，我无能为力，你也无能为力，也许，他自己知道该怎么做。

马直说，可是，我们已经投诚了，还在隐瞒李副军长的身份，这不是不老实吗？

曹强把自己的包袱打开，不紧不慢地铺床，抖抖床单说，今天……再等一夜，看看李副军长那边什么动静，要是他自己没有暴露，明天，我们就向解放军报告。

马直说，好，那就再等一夜。

马直说着，解开了自己的背包，倏然，他的手抖了一下。这一路上，他几次神经错乱，居然没有丢掉他的背包，他把成百上千个梦背到了今天，他把楚晨背到解放军的队伍里来了。明天，明天会发生什么呢？

半夜里宿舍的门被敲开，白天接待他们的解放军营长心急火燎地告诉曹强和马直，他们的赵团副不见了，要他们帮助寻找。

两个人不约而同地想到了一个地方，三十里铺。曹强用探询的目光看了马直一眼，马直点点头。曹强这才一五一十地向营长讲明真相，营长一听说赵团副原来是李秉章，二话不说，飞身上马，径奔团部……然后是，情况一直报告到首长那里。首长高度重视，指示务必找到李副军长，务必保护好李副军长，西南军政委员会拟请李副军长担任步兵学校副校长。

此后的十几天，部队在洪埠、于楼、三十里铺等地多方搜索，又派出几支部队从于楼回到河湾，沿衢河渡口、姚家疃等地搜索，均未见李副军长踪影。

补　记

马直和曹强、张东山、姚山竹参加了解放军，在解放战争最后阶段，先后成长为解放军指挥员。抗美援朝五次战役中，马直担任志愿军某部团长，有一次到军部受领任务，同军政治部保卫处副处长曹强相遇。曹强告诉马直，他在前不久的英模会上看到一个人，友军的一个大功营长，年龄较大，很像李副军长。

马直说，不可能啊，李副军长那么大的官，怎么可能在志愿军当营长，你看他长得像吗？

曹强说，当时我在会场布置警卫，看见英模团整队从我面前通过，长相看不出来，可是我就觉得他像，他目不斜视，昂首挺胸的样子很像。

马直说，他没有作报告，散会后你没去找他？

曹强说，没有作报告，散会时我忙着调整部队，转眼之间就找不到那个人了。一个月后我去找那个团的团长，了解那个营长的情况，那个团长说，那个营长因为重伤回国了。

马直说，就没有个名字？曹强说，那个团长跟我讲，那个营长资格很老，抗战的时候就是武工队长，名字叫赵凯。可是，我总觉得他就是咱们的李副军长。马直说，我也觉得李副军长没有死，可是他在哪里呢，肯定不是你说的那个营长。

八十年代初期，解放军某部师长姚山竹休假来到大别山腹地，打听到一个名叫陈锦绣的女人，这个女人已经儿孙满堂，老伴是一个木匠。姚山竹问陈锦绣认识不认识李春成，陈锦绣激动起来，拍着茶几说，怎么不认识，当年我们在一个学校当教员，还自由恋爱了，就快结婚了，他跑了，说是到东北打日本，一走就是五十年……那个死鬼啊，可把我害苦了。

终于就到了二十一世纪，抗战胜利六十周年纪念日前夕，军队离休干部马直和某省政协原副主席曹强，到北京参加一个会议，一天晚上，在京西宾馆楼下一个小馆子里，两个年逾八十的老人喝了一瓶酒，然后制订了一个庞大的旅游计划。身边的工作人员按照他们提供的标准，通过电脑查询，在全国范围内一共找到五十二个"三十里铺"，二人决定从恒丰战役中的三十里铺开始，一个一个地走，走到走不动为止。